星影の大富豪との夢一夜

キム・ローレンス 作
岬 一花 訳

ハーレクイン・ロマンス
東京・ロンドン・トロント・パリ・ニューヨーク・アムステルダム
ハンブルク・ストックホルム・ミラノ・シドニー・マドリッド・ワルシャワ
ブダペスト・リオデジャネイロ・ルクセンブルク・フリブール・ムンバイ

AWAKENED IN HER ENEMY'S PALAZZO

by Kim Lawrence

Published by Harlequin Japan, a Division of K.K. HarperCollins Japan, 2024

キム・ローレンス

イギリスの作家。ウェールズ北西部のアングルシー島の農場に住む。毎日3キロほどのジョギングでリフレッシュし、執筆のインスピレーションを得ている。夫と元気な男の子が2人。それに、いつのまにか居ついたさまざまな動物たちもいる。もともと小説を読むのは好きだが、今は書くことに熱中している。

主要登場人物

グレース・スチュワート……看護師。
ホープ……グレースの妹。
ジャック……グレースの元恋人。ホープの夫。
テオ・ラニエリ……ＩＴ会社社長。
サルヴァトーレ……テオの父親。故人。
マルタ……家政婦。
ニコ……地所の管理人。愛称ニック。

1

テオ・ラニエリは床から天井まである窓のそばに立ち、両手をズボンのポケットに深く突っこんで、会議室にいる四人の男たちに完璧に整った横顔を向けていた。自分の顔立ちなど、どうでもよかった。彼にも欠点はあるが、その中にうぬぼれはない。それでももっとも手厳しい批判をする者たちからは、かなりうぬぼれた男と言われていた。

　身長百九十センチで非の打ちどころのないスポーツマン体型をしたテオは、どのような場所でも注目を集めた。肉体的な存在感に加えて剃刀《かみそり》のように鋭い直感を持ち、細部までぬかりないことで評判だったから、彼が出席する会議に準備不足で臨む者は一人もいなかった。

　ところが今日、テオの集中力は精彩を欠いていた。その事実は周囲にも一目瞭然だった。しかしスーツ姿の男たちは緊張した面持ちで眉をひそめたり視線を交わしたりしていたものの、テオが自分たちの助言に無関心だと気づいていなかった。

　テオの黒曜石を思わせる漆黒の瞳がなんの反応も示さないのに気づき、発言していた者が糸が切れたように言葉を失った。テオはオーダーメイドのスーツのズボンのポケットに手を突っこんだまま、窓の向こうに広がる景色を眺めていた。その顔にはいらだちが浮かんでいた。

　いらだちは自身に向けられていた。テオは心ここにあらずな自分が気に入らなかった。いや、厳密には違う。心がどこにあるのかなら正確に把握している――トスカーナだ。

　生まれ育った大邸宅《パラッツォ》が脳裏に広がった。幼いころ僕は母の墓前に花を供え、乾いた埃《ほこり》っぽい地面に涙をこぼしながら、父を永遠に憎むと誓った。

指先でこめかみを押さえると、血管が脈打ってい た。テオは外を見つめ、三十分前から降りつづいていた雨に初めて気づいた。

サルヴァトーレ・ラニエリが亡き妻のそばに埋葬されているときも、トスカーナには雨が降っていたのだろうか？　それともイタリア社交界の偉大で善良な人々やそうでない人々が、デザイナーズブランドの喪服で参列し、あの男がいかによき人物であったか司祭が偽りの言葉を語る間、太陽が輝いていたのだろうか？

僕もかつてはあの男をよき人物だと思い、崇拝していたが、真実を知ってしまった。十三歳の僕は喪服を着たまま、クローゼットに隠れて母親の葬儀でこらえていた涙を流していた。母親は息子が泣くのを喜ばなかったから悲しませたくなかった。

〝どうしてお父さんの葬儀に行かないの？〟その朝、部屋を出ていくテオに向かってクレオが尋ねた。

赤い口紅が丁寧にぬり直される間も彼が質問に答えずにいると、露出度の高い服を着た美しい赤毛の彼女はかすかに好奇心を抱いたようだった。批判したり驚いたりはしなかった。

クレオのそういうところを、テオは気に入っていた。ベッドでは奔放な一方、彼がなにも言わなくても不機嫌にならず、なんの要求もしないところを。

いや、〝しなかった〟だ。テオは頭の中で訂正した。

テオがクレオの部屋のドアの前に行ったとき、彼女が致命的な言葉を口にし、彼は部屋の中へ戻った。

〝私たち、これからどうなるの？〟

返事は短く簡潔だった。正直さはときに残酷だと人は考えるが、テオは違った。彼にとって真実は真実で、感情が入る隙のない事実だった。

〝どうもならない〟それが答えだった。

関係の終わりはあっけなかった。後くされなくシンプルに、複雑な感情とは無縁なのがテオの好みだった。クレオは美しく官能的で、その質問をするまではまさに彼のタイプだった。才能があって成功していて、彼と同じく野心と情熱を抱いている。二人に共通の友人がいないことも気に入っていた。クレオは寝室や、ときおり写真を撮られるイベントでテオと一緒にいられれば満足していた。

相性のいい女性とつき合えば、自分は結婚には向いていないという信念がくつがえってしまうのではないか、と心配した時期もあった。

その心配は見当違いだったが。

くつがえるならとっくにそうなっているはずだ。相性のいい女性とは数多くつき合ってきたが、性的な魅力も含めて永遠に続くものなどない、という信念を忘れるほど相手に心を奪われたことはなかった。

二人の人間を結びつけるものとして、性的な魅力のほかになにがある？　怠慢と選択肢のなさを除けばなにもないはずだ。

テオの考えでは、結婚には二種類あった。厄介な離婚で終わるものと、嘘《うそ》をつきつづけるものだ。

彼は面倒で金がかかっても、前者のほうがはるかに好ましいと考えていた。だが、自分が間近で目撃したのは後者だった。世間から見れば、両親の結婚は完璧だった。しかし、それは互いの不幸をごまかすために演技を続けてきたからだった。

日差しが雲間から差しこんできたとき、テオはようやく弁護士たちのいる部屋に向き直って彼らを見渡した。がっしりとした長身がリラックスしているさまは、弁護士たちから漂う期待に満ちた緊張感とは対照的だった。

「こちらとしては売りたい」

短い言葉のあとに唖然《あぜん》とした沈黙が訪れ、弁護士たちの口があんぐりと開いた。

「売るのですか⁉」弁護士の一人が質問した。

「あの土地ですからね」別の一人が、ITで財を成した相手の天才的な頭の使い方を同僚たちよりもよく理解していると言わんばかりの笑みを浮かべた。

「理にかなった判断でしょう。今の森林は開発の可能性を秘めた一等地です。自然保護団体は確実に怒るでしょうが、裁判所の命令は絶対ではありません。それに南側の境界の土地も――」彼の熱弁はますます勢いを増した。

どこからともなく、涼しげな緑の中にある泉の光景がテオの脳裏に浮かんだ。淡い光に照らされたその場所には静寂が広がり、背の高い木々が揺れていて、鹿や猪《いのしし》がいた。

彼は奥歯を噛《か》みしめた。過去は思い出さないと決めていたし、感傷的にはならない自信もあった。しかし泉が破壊されるところを想像すると、胸が苦しくなった。

「君はあの森のことを言っているのか?」テオは鋭いまなざしを男に向けた。相手は不安そうに座ったまま身じろぎし、テーブルの上の暗いタブレットPCに視線を落とした。

「ええ、そうです。急勾配の土地ですから目的によっては適さないかもしれませんが、休暇村としてなら――」

テオは重機によって破壊された森の光景を頭から追い払った。「あそこは無理だ。パラッツォの権利証書に開発を禁じる条項がある」

「そうでしたか。パラッツォ・デッラ・ステラート――星空邸と言われるだけのことはありますな」

大げさに発音されたイタリア語にも、テオは表情を変えなかった。

「ほかの場所については、すでにいくつかの開発会社から問い合わせを受けている。たとえば〈ヴェンゲル・グループ〉とか……」

弁護士全員がいっせいに、手にしたタブレットPCを必死にスクロールしはじめた。「詳細は確認しました。その会社は昨年からお父さまに接触していましたが、お父さまは関心さえ持たれなかったようです。批判するわけではありませんが、古いお考えの持ち主でしたから。理解はできます。あの土地には歴史的な価値が――」

「歴史に興味はない。あそこを保存したい相手に売りたいわけではないんだ」黒髪をすくテオの仕草には、弁護士たちが自分の意図を察していないことへのいらだちがにじんでいた。「土地も、建物も、家財道具も全部処分してくれ。なにもいらない」

残したいのは父親の書斎にあった肖像画だけだ。まだあそこにあるのだろうか？　父親は罪悪感を忘れないために飾っていたのか？　それとも楽に生きていくために過去を書き換えたのか？

部屋を出るとき、テオは弁護士たちのショックを受けた視線を感じた。言ってもよかったが、舌先まで出かかっていた言葉を口にするのはやめておいた。

〝あのろくでなしを思い出させるものはなにもいらないんだ〟

弁護士たちは知る必要のないことだ。


「半分？」グレース・スチュワートは言った。「ここにある本の半分をってことですか？」

彼女は座ったまま、蔵書室の本棚をさっと見まわした。弁護士が座っているのは本を読み聞かせるときにサルヴァトーレが座っていた椅子で、雇い主はもういないことを葬儀のときよりも感じさせた。

「まあ、なんて親切な。でも、とても貴重な蔵書をばらばらにはできません。一冊か二冊、いただくだけではだめでしょうか？」

「ミス・スチュワート、よく理解しておられないようですね」弁護士がゆっくりと言った。「半分とは、このパラッツォと地所の不動産、現金などの流動資産といったすべての半分という意味です。彼はあなたともう一人に遺《のこ》されたんですよ」

グレースはしばらくぼんやりと弁護士を見つめ、それから笑った。おもしろかったからではなかった。どうかしている。この笑い声も常軌を逸しているように聞こえているかもしれない。「彼が私に?」なにかの間違いに決まっている。「どうして――いいえ、そんなはずないわ。もう一度確認してください」彼女は立ちあがりかけて、力なくふたたび座った。笑い声はやんでいた。

「お水を差しあげましょうか?」きれいに整えられたひげに白いものがまじる男性が、やさしくほほえんだ。

グレースはブランデーのほうがありがたいと思いながら首を振った。震える両手を握り合わせ、数回深呼吸をすると、頭の中のざわめきは小さくなった。ショックと信じられない気持ちはまだ残っていたけれど、なんとか考えられるようになっていた。

「冗談でしょう?」けれど、すぐさま前言を撤回する。「ごめんなさい、そんなわけ……ないですよね」

弁護士が冗談を言う?

弁護士の兄なら言わないだろう。精神科医であるもう一人の兄も笑ったりしなかったはずだ。出演するテレビ番組がアメリカでも放送されている、環境保護活動家の妹も。

家族は全員才能に恵まれていたが、なに一つ取り柄のないグレースにもやさしかった。しかし、彼女は知っていた。ともにある分野の専門家でありベストセラー作家でもある、オックスフォード大学教授の父親と歴史学者の母親は、娘がオックスフォード大学に入れる成績を取りながら看護の道に進むと決めるとがっかりしていた。

「あなたはとても裕福なお嬢さんなんですね」

グレースはどうにか現実とは思えない現実に注意を向けた。「裕福ですって？　違います。私は今日、イギリスの家に帰る予定だったんです。次の仕事が始まるまで一週間の猶予があるから――」言葉を切り、大きく息を吸う。「なにかの間違いだわ。どうしてサルヴァトーレが私に遺産を？　私は彼に雇われた看護師にすぎません。知り合ったのもほんの二、三カ月前なんですよ」家族はどう思うかしら？

グレースは最後の考えを声に出さなかった。答えがわかっているのに質問してもしかたない。

家族は最悪の事態を考えるに違いない。最後に会ったときのように〝火のないところに煙は立たない〟と言って。

忘れたい記憶がよみがえりそうになり、胸が締めつけられた。

あれは派遣看護師として二件目の仕事だった。クアント家の家族はとてもすてきな人たちで、最高の関係を築けていると思っていた。貴重なネックレスと大金が消えるまでは。

あの過去は悪夢と言ってもよかった。

数日前までグレースに感謝していたクアント家の人々は、突然彼女を泥棒だと非難した。真相はすぐに明らかになり、無実は証明されたけれど、グレースの心には傷が残った。

今回は前とは違うわ！「これって……現実なのかしら」

「驚かれるのはわかりますが……親切な申し出ではありませんか？」髪が薄くなった弁護士がやさしくほほえみかけた。

「ええ……あの……でも、私はサルヴァトーレを知っていただけです。正しいこととは思えません。お返ししてもいいですか？」

「なにをです？」

うか。マルタとか——」

「全部です。使用人の方に差しあげてはどうでしょ
弁護士が手を上げた。「使用人たちにも遺言によって手厚い配慮がなされ、ここに住む者は彼らを終身雇用するよう決められています。受け入れるのに時間はかかると思いますが——」

「私は彼の看護師でした。人の死から金銭的な利益は得られません。世間は私がだまし取ったと——」

「そんなことはありません」弁護士がなだめた。しかしグレースの目は避けていた。どこにも疑う人はいるからだ。「あなたがいやなら選択肢はありますが、まだなにも決めないほうがいいですよ」

「どんな選択肢があるんです？」

一時間後、グレースは巨大な厨房《ちゅうぼう》に入った。そこには太い梁《はり》や年代物の暖炉や板石とともに、最新の調理家電製品が鎮座していた。居心地がいいとは決して言えないが、数えきれないほど多くの寝室を備えた宮殿のようなこのパラッツォの中ではもっとも堅苦しくない空間だった。

家政婦のマルタはいつもの糊《のり》のきいた白いブラウスと仕立てのいいズボンを身につけ、テーブルでコーヒーを飲みながらノートパソコンで表計算ソフトを使っていた。グレースが現れると、彼女は顔を上げた。「コンピューターが生活を便利にしてくれるのは知ってるけれど、正直なところ、これは……」言葉を切り、グレースの表情を見て笑みを消す。「顔色が悪いわね。ここ数日、大変だったもの。航空券を週明けのに変更してあげましょうか？」

グレースはなんとか笑みを浮かべた。彼女が二カ月半前にトスカーナへ来たときから、家政婦は雇い主をとても大切にしていた。だから突然住みこみはじめたイギリス人の看護師を怪しみ、なぜ緩和ケアを扱う会社はイタリア語を話せる看護師を派遣しな

かったのかと疑問を口にした。

グレース自身も同じことを会社に尋ねた。しかし患者は数カ国語に堪能なので、イタリア語を話せなくても問題はないと言われたのだった。

〝ここにはもう看護師が何人もいるわ。あなたはなにができるの？〟マルタは軽蔑をこめてきいたものだ。〝旦那さまの病気を治してくれるのかしら？〟

以前の経験で慣れていたグレースは穏やかに言った。〝もう少し楽にさせてあげられたらと思っているわ〟

マルタの態度は、グレースが導入した新しい鎮痛法が雇い主にもたらした変化を見て変わった。パラッツォの使用人から広く慕われていた、サルヴァトーレの主治医との協力ぶりにも心を動かされたようだった。

以前は寝たきりだったサルヴァトーレがテーブルについているのを見つけた日、厨房に入ってきた家政婦の目には涙が浮かんでいた。

「旦那さまはがんばったわ」マルタが葬儀の余韻にひたりながら言った。「あなたのおかげで、最後の数週間は人間らしい生活ができていた」

自分の仕事をしただけだと謙遜しても無視され、グレースは強く抱きしめられた。「飛行機には乗らないわ。私はここに残る」椅子を引いて、そこにどさりと腰を下ろした。

「そうなの？」

「サルヴァトーレが遺産の半分を私に譲るそうだから」

年配の女性が口に手をあて、目を皿のようにしてグレースを見つめた。

「弁護士には受け取れないと言ったの。間違っているもの」グレースは目を細くした。「でも彼は言ったわ。サルヴァトーレの息子のテオが譲られた遺産を買い取りたがるだろうって。とんでもない金額だったわ。私、お金なんていらない、マルタ。なにもいらないの！」叫ぶ声は感情で震えていた。

「ええ、わかってるわ。ここにいる誰もがそうよ。でもテオは、古くて由緒あるここを一族のものにしておきたいと考えているはずよ」

グレースはうなずいた。「私もそう思うわ。たとえ彼が――」舌を噛んで弱々しい笑みを浮かべる。使用人たちはまったく姿を見せないサルヴァトーレの息子の悪口を言わなかった。死が近い父親を一度も見舞わず、葬儀にも現れなかったテオ・ラニエリについて、グレースは思うところがあったけれど。

「テオは貧乏じゃないわ。もらっておきなさいよ」

グレースは唇を引き結んだ。「もらうつもりはないわ。彼が私の相続分を買い取りたいのは……」青い瞳に怒りの涙が浮かぶ。「ばらばらにして売るためなのよ。そんなの、信じられない。まるで父親が愛したもののすべてを消し去りたいみたいじゃないの！」やわらかな唇が震えた。「どうしてそんなことができるのかしら？」言葉を切り、必死にわきあがる感情を抑えようと頭を振った。

家政婦が青ざめた。「彼がそうするのを恐れていたのよ」

「心配しないで。私がさせない。彼をとめてみせるわ」グレースは奥歯を噛みしめながら髪を耳にかけた。「絶対にね。私が買い取りを断ってここに住めば、テオは売れなくなる。だから、私はノーと言うわ」

年配の女性は疑わしげな顔をしていた。震える手でカップに新しいコーヒーを注《つ》ぐ。「テオは一度こうと決めたら、必ず実行する人よ」

「私だってそうだわ」グレースは不機嫌な顔で約束した。

「こんなことになるなんて悲しいわね」

悲しいですって？　グレースは思った。いいえ、言語道断と言うべきだわ！

父親と息子の関係が壊れた原因がなんなのかわからず、頭の中に問いが浮かんだ。

なぜテオは父親を憎んでいるのかしら？

無関心では彼の行動は説明できない。

「たぶんサルヴァトーレは、息子がなにをするかわからないと考えていたのかも。だから、私に遺産を渡したとか？」マルタからコーヒーを受け取り、グレースはほっそりした肩をすくめた。「理由はどうあれ、私がノーと言ってここに居座れば彼には売ることができない」青い瞳に闘志を輝かせる。「このパラッツォも地所も雇われている人々もサルヴァトーレの人生そのものだったのに、息子にめちゃくちゃにさせるわけにはいかないわ！　私はここを彼から守ってみせる」

2

グレースは看護師の派遣会社に辞めることを伝え、両親には帰らないとメールで連絡して電話が鳴るのをじっと待った。ようやく電話が鳴ると、本が並べられた両親の家の居間に集まった家族全員とビデオ通話をした。

弁護士である兄のサイモンはテオ・ラニエリが遺言を守らない可能性はじゅうぶんあると言い、サルヴァトーレがどんな薬をのんでいたか尋ねた。

彼女は即座にその意図に気づいた。「彼の頭は最後までしっかりしていたわ」

「わかった。可能性の話をしたかったんだ」

「たしかに兄さんは優秀な弁護士だけど、私の兄でもあるのを忘れないで」

精神科医の兄ロブが口を開いた。「そうだぞ。グレースは助言が欲しいだけだ」だが彼女が感謝する前につけ加えた。「おまえ、患者と寝ていたのか？写真を見たが、あの年にしてはいい男だった」

そんなことを考えるのは兄一人じゃないはずだ、とグレースは思った。派遣会社の担当者からは、弱い立場にある高齢患者を看護する際の倫理観に関して、かなり鋭い指摘をいくつかされていた。

妹のホープは自分の予定に支障が出ることばかり気にしていて、なにも言わなかった。

しかしホープが顔を寄せてきて、グレースは画面から身を離した。どれほど近づいても、妹の肌にはしみ一つなかった。

スーパーモデルのような容姿を持つホープは、なにもかもが完璧だった。そして、グレースがかつて愛したただ一人の男性と結婚していた。

グレースはときどき思うことがあった。私はまだジョージを愛しているの？　だから彼と別れたあと、まともな恋人がいないのかしら？

ジョージはまったく変わっていなかった。しかしグレースが大好きだったすてきな前髪も、妹が結婚式のために直すようせがんだすきっ歯ももうなかった。

「帰ってきてちょうだい、姉さん。ジョージと私は週末をパリで過ごすと言ったでしょう」

ホープの後ろでは義弟が手を振って申し訳なさそうな顔をしていた。〝君の妹に恋をしているが、君のことも妹のように愛している〟と言ったときも、彼は同じ顔をしていた。そう伝えればなにかの償いになるとでも思っていたのだろうか。

「番組の新シリーズが始まってから忙しかったの。私は疲れきっているし、ジョージもすごくストレスがたまっているのよ」

「僕はそうでも――」

しかし、ホープは夫を無視した。

「姉さんは子守りをするって約束したじゃない？　アーティを姉さん以外には預けられないわ。とても繊細な子だし、アリアはとても頑固だし」そして口をとがらせた。「養育係《ナニー》が結婚式に出席すると言って休みを取らなければよかったんだけど」

「ごめんなさい」グレースは言いたいことをのみこんだ。笑顔が太陽のようなアーティは、地球上でいちばん扱いやすい赤ん坊なのに。

「ホープ、なにもかもあなたの思いどおりになるわけじゃないのよ」予想外の方向から援護の言葉が飛んできた。母だ。「これは大きなチャンスだわ。グレースにはキャリアがないんだから」

「私にだって――」

「グレースにはパートナーもいないし、そこにとどまって言いなりにならないと意思表示するのはとても賢明だと思う。値段をつりあげるにはすごくいい戦術よ。グレース、相手を喜ばせることはしないで。自分のために闘いなさい」

グレースはため息をついた。両親からほめられることはめったになかった。娘がとどまるのは交渉のためだと、二人は本気で思っているようだ。

「いい子だ、グレース」父親が最新のベストセラー本の表紙と同じ威厳に満ちた顔で言った。謙虚な父親は、自分の本が昨年八週間にわたりノンフィクション部門で一位だったとは口にしなかった。「その男に負けるなよ。今、彼を調べているところだ。優秀な男だが、かなり冷酷で人を操るという評判がある。私が行って力になってもいいが……」

「値段をつりあげたいわけじゃないの、パパ。お金に興味はないわ。それに、サルヴァトーレの死はチャンスなんかじゃない――」

「ええ、ダーリン。道徳的に考えればね」母親が割りこんだ。「誠実なあなたらしい言葉だわ。でも、人生には現実的になることも必要なの。将来、私たちがいなくなったときを思うと心配だわ。あなたはそれがわかっていないのよ」

毎朝五時に起きて体を鍛え、家族に精白パンを食べることを禁じている精力的な母親が最期を迎える姿を想像して、グレースは笑いを噛《か》み殺した。今の状況のばかばかしさをあらためて実感し、怒りが薄れていく。彼女はずっと前から愛する家族とうまくつき合い、仲たがいしないために、相手を喜劇役者だと考えることにしていた。

ときどき、自分をサラブレッドの中のポニーだと思うことがある……。「そうなるのはもっと先だと思うわ、ママ。それに自分の面倒は自分で見られるの。十八から家を出ているんだし」

その言葉が口をついて出た瞬間、家を出たという微妙な話題を持ち出したのはまずかったと思った。

オックスフォード大学への進学を蹴ってロンドンで看護師になる道を選んだせいで、グレースは家族から変わり者扱いをされていた。家族のことは心から愛していたけれど、彼らが高学歴の俗物なのは間違いなかった。しかし、心底困ったときには助けてくれるのも知っていた。

「お金には本当に興味ないの」そしてすぐにつけ加えた。「ああ、回線の調子が悪いみたい」

接続を切っても、グレースは少しも罪悪感を覚えなかった。

テオはネクタイをゆるめ、しばらくしてジャケットと一緒に車の後部座席に置いた。彼はフィレンツェのオフィスから直接トスカーナの大邸宅《パラッツォ》へ向かっていた。最近は主にアメリカとイギリスを拠点にしているが、もともとはイタリアを拠点にしていた。

怒りに燃えていた十八歳のころ以来、この道を走った覚えはなかった。当時は逆方向をめざしていた。

やっと自由になれたという爽快感が、テオの中にはあった。父親の正体を知った運命の日から、すべてのつながりを断ち切る日を指折り数えていた。イギリスの寄宿学校にいたころも、イタリアの家に帰るのは休暇の間のみだった。そのときもできる限り友人たちと過ごし、パラッツォに帰らざるをえなくなっても父親の存在は無視した。そして一人か、あるいは地所の管理人の息子であるニコと一緒に毎日森へ出かけた。

今も怒りはあったものの、地団駄を踏むほどではなかった。聞こえるのはオープンカーの静かな電動モーター音のみだった。

あの日、僕は二度とあそこには足を踏み入れないと誓った。〝大人になった今、星空邸は我が家ではない〟と言うと、父親の顔は灰色になっていた。

しかし、僕はそこへ帰ろうとしている。

テオは帰る必要性と理由を恨んだ。すべてはグレース・スチュワートのせいだ。彼女に相続したものを売る気はなさそうだと弁護団から伝えられた彼は、いらだちつつも相手の望みを聞き出して提示するよう命じた。

すると弁護団は、彼女がなにも欲しがっていないという知らせを持って戻ってきた。だが、金が欲しくない者はいない。この女性も例外ではないはずだ。

郵送されてきた薄いファイルには、どこにでもいる平凡な女性だと書かれていた。退屈とさえ言える内容には不利な情報もなく、念のため、ロロ・エデンを雇ってもう少し詳しく調べさせた。

ロロのことは特に好きではなかったが、好きになる必要はなかった。数百万ドルの契約を失わずにすんだのは、ライバル会社に情報を流していた産業スパイを発見した私立探偵のおかげだった。そのスパイが今後、テオを裏切る可能性はゼロではない。だがぎりぎりのところで踏みとどまってテオのために結果を出している間は、必要なだけ利用しつづけるつもりだ。

今回の依頼はロロの力を借りるほどではなかったものの、テオが事情を説明すると、探偵は個人的に引き受けると言い、他言もしないと約束した。

しかしテオはロロの報告を待っていられず、ある計画を実行に移した。当初は金めあてに決まっている女性と直接話そうと考えていたが、別の解決策が思い浮かんだのだ。

もし彼女がパラッツォを出ていかないのであれば、僕がそこに引っ越せばいいのだ。相手はおそらく、一国一城のあるじにでもなったつもりなのだろう。

彼女の同意なしには売り払えないなら、その逆もまた然りだ。もし彼女があの土地と建物をどうこうしたければ、僕に相談しなければならない。

唇には愉快そうな笑みが浮かんだが、肩には力が入った。次の曲がり角を曲がれば、パラッツォが見えてくるからだ。母親の葬儀の日から、そこは我が家ではなくなっていた。あの日のテオは、母親が自分を置いて逝ってしまったことに腹をたてていた。そしてまったくの偶然から理由を知り、怒りの矛先を父親に向けたのだった。

数えきれないほどの本に取りあげられているトスカーナの珠玉の建築物を目にする瞬間を遅らせようと、アクセルを踏む力をゆるめた。ヘリコプターでも車でも、訪れた者は目にした光景に息をのんだ。

星空邸は十六世紀に修道院の跡地に建てられたので、当時の時計塔と建物のいくつかも母屋の周囲に点在していた。

テオはルネサンス様式の重厚な門を思い浮かべた。パラッツォに向かう並木道を上へ上へとのぼっていく間、石畳の歩道や彫像、花が咲き乱れる手入れの行き届いた庭園が通り過ぎていく。断崖絶壁の手前までたどり着くと、その先には紺碧《こんぺき》の海が広がっていた。

動揺している自身を否定して気を取り直し、テオは急ブレーキを踏んで車を埃《ほこり》っぽい道から草むらへ方向転換してとめた。

停車したのは脚を伸ばすためだと自分に言い聞かせたものの、外に出ると決して忘れられなかった独特な温かみのある土の香りに包まれた。大地を踏んだとたん、一面に敷きつめられた松の葉の香りが鼻孔をくすぐる。

なじみのある香りにどれほど心がざわついたか、ここにいるせいでどれほど動揺しているかは自分自身にすら認めたくなかった。こんな感情に襲われる覚悟はしていなかった。全部あの女性のせいだ。

僕はすでに前に進んでいる。疎遠だった父親の死は単なる区切りにすぎない。遺産を売却するのは最後の仕上げだ。

だが、その前には父親を手玉に取った女性が立ちはだかっている。まあ、よく言われるように老いぼれた愚か者がいちばんの愚か者だったわけだ。

父親は老いぼれではなかった。六十五歳なら最近ではまだまだ若いほうだろう。

テオはその死を、あとから弁護士によって知らされた。メールに書かれた事実のみを伝える冷たい言葉は今も目に焼きついていた。

〈遺憾ながらお知らせします……死去……闘病の末に……〉

言葉をつなぎ合わせるには時間がかかった。唐突な連絡だった。父親は死が近いと知ったとき、息子に手を差し伸べようと考えただろうか？

もしそうしていたら……。

テオは内心肩をすくめ、頭から疑問を追い払った。そんな推測は無意味だった。父親が手を差し伸べたのは死期が迫った数週間から数カ月間、そばにいた計算高い看護師だけだったはずだ。

父親の死についてあれこれ考えるより、自分の行く手をじゃまする障害に集中したほうがいい。つまり、父親の遺産をせしめた欲深い女性に。

僕に脅しが通用すると思う者がいるとは。

もしかして彼女は僕を父親と同類だと考えているのだろうか？

もしそうなら、すぐに違うということに気づくだろう。

車に引き返そうとしたとき、音が聞こえた。猪《いのしし》と遭遇した過去を思い出し、顔をしかめて耳を傾ける。

おそらく鹿だろう。

音がまた聞こえた。あれは鹿でも猪でもない。動物は悪態をついたりしない。

グレースは道に迷ったわけではなかった。ほんの少し道からはずれただけだった。

自分がどこにいるのかは正確に把握していた。一、二キロよけいに歩くはめになったのは、小川で足をすべらせたせいだ。

足首をひねっていなければ、それくらいの距離は問題ではなかった。

それでも、朝起きたときから続いていた頭痛はおさまっていた。ひょっとしたら足首のずきずきする痛みのおかげで、頭のほうは忘れていられるのかもしれない。

グレースは立ちどまり、杖《つえ》代わりにしていた拾った枝にもたれた。唇を噛んで前かがみになり、不安な思いで冷たい小川の水で濡《ぬ》らしたTシャツを痛む足首から取った。冷やしていたにもかかわらず、足首はすでに腫れあがり、変色しはじめていた。もう一方の足首と比べると三倍近く太くなっている。

「ひどいのは見た目だけよね」確信はなかったけれ

ど、グレースは自分にそう言い聞かせた。

テオは木立の中にいた。視線は女性のしなやかな脚を上へたどり、細い腰から続く控えめで女らしいヒップにとどまっていた。

着ているタンクトップの肩がずり落ち、その下のスポーツブラがあらわになった瞬間、女性が誰なのか、どうやってここに来たのかは彼にとって二の次となった。汗がひとしずく、喉のつけ根からブラの中へゆっくりと消えるのも見えた。

白い肌をすべっていく真珠のような汗を目で追ううち、テオは周囲の自然の音が消えていく錯覚に陥った。

つかの間、抑えきれずに欲望が燃えあがるのを許した。華奢《きやしゃ》な体の曲線やほっそりとした優美な首、一部が顔に張りつき、残りが無造作に背中に流れ落ちたシルバーブロンドの髪を心ゆくまで眺める。

「かなりひどそうだ」

テオの声に女性がびくりとし、木々の間から姿を現す彼に気づいた。

おびえたように見開かれた大きな青い瞳を目にするなり、テオは生々しい衝撃が体を駆けめぐるのを感じた。

グレースは戦うか逃げるかで迷っていた。しかし逃げるという選択肢がないことに、急いで立ちあがろうとするまで気づいていなかった。

痛くて悲鳴をあげた彼女は片足でバランスを取り、枝を振りまわして威嚇しながら、そびえ立つ男性をにらみつけた。けれど深呼吸をしたせいでバランスを崩し、尻もちをついた。

地面に座りこむ直前、見知らぬ不吉な男性が誰なのかを思い出した。

この人はテオ・ラニエリだ。

パラッツォのあちこちには、まだ若く威圧的でないテオの写真が額装されて飾られていた。しかしたとえ写真がなかったとしても、グレースは彼だと気づいたに違いない。星空邸へ来るずっと前に、準備不足のままやってきてしまった生意気な記者を、言葉巧みにやりこめたテオのインタビュー記事を読んでいたからだ。

その記憶が一瞬で脳裏によみがえった。死が迫ったとき、走馬灯のように自らの人生を振り返るというのは本当なのだろうか？

グレースは死が迫っていたわけではなかった。ただ悔しかっただけだ。

よかった点を考えるなら、心臓はまだ胸の中で暴れていたけれど、もう恐怖は感じなかった。呼吸も上昇する脈拍に合わせて相変わらず速かった。

「痛いだろう」

グレースは片方のヒップと足首を地面から離した。それから、かかわらないでと言わんばかりに顎を上げる。

しかしその反抗的な態度は、テオと目が合うと続けられなくなった。心を見透かされている気がし片方の手で目を隠しつつ頭を振ると、ゆるくまとめていた髪がいっそう乱れた。「大丈夫だから」歯を食いしばり、泥がつくのもかまわずに手で汗をぬぐう。

生身のテオは写真や画面で見る以上にすてきだった。彼を見ているうちにグレースは震え出し、頭がぼうっとして体が熱くなった。しかし、これは痛みのせいよと自分に言い聞かせた。それと、この人がどこからともなく現れたときに感じた恐怖がまだ続いているんだわ。

あんなに大きな人なんだから叫ぶくらいしなさい。土で汚れた革靴から長い脚を視線でたどって、グレースは自分に憤慨した。仕立てのいいズボンはテオの筋肉質で力強い腿を強調している。広い肩幅に比べて腰は引きしまっていて細かった。

父親の葬儀にも現れなかった男性に対する怒りをかき集め、グレースは彼の野性的な部分に反応してかすかに震えている下腹部を無視した。

こちらが助けを必要としていることを抜きにしても、テオは冷房のきいた部屋で人々を威圧しているかのような存在感を放っていた。しかしなぜか、彼は自然の中にいても場違いな感じがしなかった。まるでその一部にすら見えた。

顔立ちはどこから見ても完璧だった。高い頬骨、まっすぐな鼻筋、漆黒の太い眉、そしてまつげが長くてもいささかも柔和そうな印象がない黒い瞳。下唇のふっくらした曲線は頑固そうな上唇とは対照的だが、女性的なやわらかさはなく、むしろ不穏なほど官能を漂わせていて残酷そうにさえ思えた。

テオが片方の眉を上げると、グレースはまつげを伏せた。女性に見つめられるのを当然と思っている彼の巨大な自尊心を満たしてやるつもりはなかった。

皮肉なことに彼女は何週間も前から、機会があったらサルヴァトーレの無情な息子に言いたかったことを練習していた。立場を考えたら、そんなまねは絶対にできないけれど。しかし今はもう看護師ではないので、彼に言いたいことを言えるはずだ。死が近い父親に対する無慈悲な仕打ちを責めることもできる。サルヴァトーレはとてもいい人だったのに。

泣き叫ばずに感情を言葉にするチャンスだったものの、グレースにはできなかった。喉にこみあげた感情は言葉にならないしこりとなっていた。それでも一つだけわかっていたことがあった。この人の前で泣きたくはない。

「私なら大丈夫よ」グレースは不機嫌な声で少し苦しそうに嘘《うそ》をついた。

「疑わしいな……」テオが心配しているというより

は、おもしろがっているような口調で言った。「誰かに電話してあるのか?」

「携帯を忘れてきたの」歯を食いしばって答える。

「不注意だな」

グレースは彼の思わせぶりな言い方が気に入らなかった。「平気よ。家はすぐそこだから」

冷静さを装って、彼女はテオの視線を受けとめた。土の上に座り、まるで生け垣を引きずりまわされたような姿をしていたことを思えば、その態度は拍手喝采に値する偉業だった。

テオの右の眉と左の眉がくっつきそうになったあと、突然離れた。なにかに気づいたように、彼の目が輝く。「君はグレース・スチュワートか?」

その質問が口から飛び出した瞬間、テオはいらだちがこみあげてくるのを感じた。自分のことは知性的だと自負しているので、決めつけた物の言い方をするのは嫌いだった。なのに今はそうしてしまった。

もし誰かがあの哀れなほど薄いファイルに写真を載せていてくれたら、グレースを退屈で平凡な女性とは思わなかったはずだ。森の中で座りこみ、はっとするほど青い瞳でこちらをにらみつけている彼女は、退屈でも平凡でもなかった。汚れていても肌は白く透明感があり、薄暗い光を浴びて輝いているように見えた。

テオは考えを改めることにした。欲望がふくれあがっているせいで、そうするのは容易ではなかった。

父親と比べられまいとして、顎に力をこめた。亡き父親と違って、彼は聖人のふりをしたこともなければ女性をだましたこともなかった。女性に結婚の約束をしたこともなければ、立てた誓いを破り、愛していると言ってくれた女性を立ち直れないほどの失意のどん底に突き落としたこともない。

「ここでなにをしているの?」

非難めいた言葉に、テオは足元にいる女性に意識を戻した。「君の許可が必要だったのかな?」

皮肉を言われて、グレースの白い頬が色づいた。

「あなたが来るとは知らなかったから。言っておいてくれればよかったのに」

駄々っ子のような言い方に、グレースは自分がばかみたいな気がした。よく考えれば、私にそんなことを言う権利はない。看護師として雇われていただけの存在なんだから!

「君がパラッツォから銀器を盗んでいないか確かめるためだよ」

けだるげな口調で嘲笑されたことが癪《しゃく》にさわり、グレースは顎を上げた。「すごくおもしろいわ」しかし次の瞬間、テオは冗談を言っているわけではないのかもしれないと思った。「でも、ここの半分は私のものよ」反論が気に入らなかったのかテオの鼻孔がふくらみ、彼女はうれしくなった。

彼が沈黙を破るまで、青い瞳と黒い瞳によるにらみ合いは一生続くように思われた。

「一日じゅうここにいるつもりかな? 僕が車で運ぼうか?」

彼女はまばたきをした。もちろん、テオの姿は消えなかった。彼には車があるらしい。

「それとも、つらくても手と膝をついて這《は》って帰るという選択肢もあるぞ」テオの眉が上下した。「どうするかは君しだいだ」

グレースは目を細くした。この人は想像していたほど悪い男性ではなかった!「乗せていただくわ」

でも、差し出されたテオの手を取るつもり?

褐色の長い指と四角い爪を見ていると、急に這って帰るのもそれほどひどい選択肢ではない気がしてきた……。

グレースがこちらの手を蛇でも見るような目で見ているのに、テオは気づいた。やがて彼女はプライドを抑えつけ、手を伸ばしてテオの手を握った。

白くて細く冷たい指を感じたとたん、テオの顔から愉快な表情は消えた。すさまじい勢いで性的な緊張が走ると息をのみ、顎に力をこめる。唯一のなぐさめは、相手も同じものを感じているのがわかったことだ。グレースの美しい青い瞳はショックを受けたように大きく見開かれていた。

もしかしたら彼女は自分が主導権を握れないのが、僕以上にいやなのかもしれない。

あるいはのちのち自らが有利になるために、わざと主導権を渡したのかもしれない。

できる限りすばやくテオから離した手を、グレースは薄手のコットンのズボンでふいた。

「ありがとう」片足でどうにかバランスを取りながらつぶやいた。それから、ひねった足をそっと地面に下ろした。立ちあがっても優位になれたとは思わなかった。目線の高さがテオの胸のあたりだったからだ。

「どれくらい痛むんだ？」彼がじれた口調で尋ねた。

「ちょっとひねっただけ」捻挫は骨折よりも厄介な場合が多いとは言わなかった。

「君は医者なのか？」

「いいえ、看護師よ」

「では君が……」

グレースはテオの黒い瞳に怒りがひらめいたのに気づいた。

「看護師なら信じてもよさそうだな」彼が意地悪く言った。

「今は違うわ」テオをいらだたせたくて言った。

「君は車に乗せてほしいんじゃないのか？」

グレースはため息をつき、口ごもりながら答えた。

「ご親切にありがとう、ミスター――」

「今後を考えて、僕のことはテオと呼んでくれ」

「今後？」歩きはじめたテオに、グレースはきいた。

「僕たちは一緒に暮らすことになるからね」彼が肩越しに言ってほほえんだ。

「一緒に暮らす？　あなたと？　でも私はここに、あなたはイギリスに住んでいるでしょう？」

彼女はインターネットで僕の経歴を調べたらしい。

「君もイギリスに住んでいるだろう」彼は言い返した。明らかにつらそうに飛びはねながら、彼女はついてきている。

テオは小声で悪態をつき、グレースをさっとかかえあげた。

「私は歩けるのに」テオのたくましさとぬくもりを意識しすぎている自分に強い不安を覚えながらも、グレースは体を硬直させて訴えた。

「君を待っていたら、パラッツォに着くのが来年になりそうだからね」

テオがきらびやかな怪物のような車の横でグレースを下ろし、助手席のドアを開けてから運転席側にまわると、彼女は安堵《あんど》のため息をついた。

「パラッツォはそんなに遠くないわ」彼は道を知っているに決まっているのに！

「どっちに行けばいいのかな？」彼はグレースの気まずい気持ちを楽しんでいるようだ。

「本気なの？」車が道に戻ったとき、彼女はきいた。

「なにがだ？　方向ならわかっている」

「ここで暮らすって本気なの？」

テオが悪意のある笑みを浮かべた。「大きな家だからね。僕たちなら仲よくやっていけるはずだ」

3

大邸宅《パラッツォ》の屋根のある玄関の前に車をとめると、テオがシートベルトをはずし、グレースを見ずに無愛想な声で話しかけた。目は建物に据えられていた。

「誰かを迎えに来させようか?」

小包じゃあるまいし、とグレースは憤慨した。けれど返事をする前に、彼は中へ入ってしまった。

彼女が巨大なオーク材のドアの前にある階段を痛みをこらえてゆっくりとのぼっていたとき、誰かが現れた。

マルタはいつもより頬を紅潮させていた。「まあ、かわいそうに! テオに見つけてもらえてよかったわね」

グレースは唇を引き結んだ。まるでテオが私をさがしていたみたいな言い方だ。

「たしかに、彼は私のヒーローだわ」腰に腕をまわしてきた年配の女性に、グレースは寄りかかった。

マルタは皮肉には気づかず、グレースを支えて階段をのぼると、開いていたドアを通り抜けた。

「医者は呼んであるから」

「必要ないわ」

「テオがそうしろと言ったのよ」

「彼がなにを言おうとどうでもいいわ。医者はいらない」家政婦がショックを受け、傷ついたのを見て、グレースは顔に笑みを張りつけた。「だって湿布を貼って、足を高くして、痛みどめをのめと言われるだけだもの」

「テオは――」

まったくもう、とグレースは思った。しかし長く一緒に暮らしてきたマルタの慎重な性格を思い、反論の言葉を嚙《か》み殺した。

「わかったわ」

けれど、グレースが巨大な玄関ホールを占めるような立派な階段へ行き、弧を描く手すりをつかむと、年配の女性の納得した表情が心配そうになった。

「誰かに運んでもらう？」

「いいえ、大丈夫。私なら平気だから」グレースは元気いっぱいの笑顔を作った。

「そう……それならいいわ。テオがやっと帰ってきたなんてすばらしいと思わない？」

マルタの顔は真剣で、目には涙が浮かんでいた。

「そうね」グレースは平坦《へいたん》な声で同意した。もしテオが父親に別れを言うために帰ってきていたら、もっとすばらしかったと思うけれど。

足を引きずりながら階段をのぼり、最初の曲がり角を曲がって人目がないのを確認すると踊り場に座りこみ、次の階段までヒップを使って進んだ。いちばん優雅な方法ではなくても、抱きかかえられるよりはましだった。

先ほどのことはあまりに生々しい体験だったので、繰り返すのは危険に思えた。

背中に軽く触れていた日に焼けた長い指の感触がまだ鮮明だったせいで、手すりをつかんで立ちあがろうとしたとき、グレースはまた転びそうになった。

やってきた医師は彼女の応急処置をほめ、外出する際には包帯で足首を固定するよう勧めた。

医師が帰ると、大騒ぎしているマルタに〝言ったでしょう〟と口にしたくなったけれど、グレースは我慢した。正直に言えば、家族から甘やかされた記憶がない彼女にとって、あれこれ世話をやかれる経験は新鮮で貴重だった。スチュワート家の人間なら誰一人、紅茶をいれたり同情したりしない。起こったことを受けとめ、ただ先に進むだけだ。

「残念だわ」グレースに必要なものがすべてあるか

何度も確認して、マルタが言った。「テオが帰ってきてとる最初のディナーに、あなたが参加できないなんて」

「まあ、ディナーですって！」グレースは思わず叫んだ。それから氷嚢《ひょうのう》をのせて高く上げた足を見て、反応をやわらげた。「でも、この足だから」

「そうよね」家政婦が納得した顔でうなずいた。なぜサルヴァトーレを愛していた人たちは、憎らしい息子に会ってこんなに喜んでいるのかしら？

どうやったら彼を許せるの？

まるで集団催眠にでもかかっているみたいだ。

一時間後、グレースは地所の管理人のニックからメールを受け取った。彼女は顔をしかめ、すぐに返信した。

〈ただの誤解ならいいけど〉

すると次の二時間で五通のメールが届き、ただの誤解でないことがグレースにもわかった。どうやら銀行が卸売業者への支払いを停止したらしい。

そうなると卸売業者が納品を拒否するから、オリーブオイルの圧搾機を新しいものにできなくなる。また地元の採石場から大理石を搬入できないため、エコツアー用の宿泊施設となる建物の改修工事もとまるだろう。

どちらもサルヴァトーレが長年温めてきた事業計画で、グレースもそばで進捗を見守っていた。ほかにも似たような事業計画がいくつかあった。

「まるで誰かがわざと妨害しているみたいなんだ」電話をかけてきたニックはいらだっていた。

ニックとは時間をかけて少しずつ打ち解けてきて、いい人だと思っていた。彼の母親がイギリス人だと知ったためもあるのかもしれない。だから、目を閉じて悪態をついてしまったのかもしれない。

「心配しないでいいよ。僕がなんとか――」

「いいえ、私に任せて。今日はもういいわ」グレースは言った。壁の鏡に映る顔は険しく、見慣れなかった。「あなたは家族のところに帰ってあげて」

サルヴァトーレはニックの子供たちの名前まで覚えていた。彼女は初めて相続によって発生した責任の重さを、そしてサルヴァトーレから託された信頼の重さを実感して打ちのめされた。

「明日の朝、また連絡するわね」

フォークでつつくだけで食べていなかった夕食を押しのけ、氷嚢もどけると、グレースはベッドから下りた。どうにかガウンを羽織って、マルタがさがしてくれた銀の柄がついた杖《つえ》を手にし、痛みどめを二、三錠口に放りこんでから廊下に出る。

つややかな手すりにつかまりながら階段を下りる間、グレースは足首の痛みも忘れるほど怒っていた。杖を使って、ある人物をさがしに行った。

サルヴァトーレの書斎のドアは開いていて、緊張しつつ立ちどまった。ドアを押して中に入ると、サルヴァトーレの美しい亡き妻の肖像画が明かりに照らされ、誰もいない部屋に影を落としていた。

客間のシャンデリアはついていたが、そこにも人はいなかった。フレンチドアから顔を出しても、月明かりに照らされた屋外に背の高い人影はなかった。

こぢんまりしたサロンにも誰もいなかった。

廊下を歩き出そうとしたとき、グレースはもし人が自分を見たらなんと言うだろうかと考えた。私はもうここで働いているわけじゃないし、招かれた客でもない。でも、このパラッツォの半分は私のものだから、誰にも追い出されることはない。

テオはそんな私を追い出したいのだ。

すぐに気づかなかったのがばかみたいだ。

いつも食事をしている小さなダイニングルームへ行くと、ドアは開いていて部屋の光がこぼれ、やわらかく切ないピアノの音が聞こえていた。

グレースはドアをさらに開け、テーブルの上の短くなったろうそくや中身が半分残ったワインボトル、空のグラス、そして皿をちらりと見た。

隅のピアノの前に座る人物は目を閉じ、指を鍵盤の上で動かしていた。彼女の存在には気づいていないようだ。

なんとも言えない悲しげなメロディに、グレースは書斎の肖像画を思い浮かべた。彼女はいつ亡くなったのかしら？　息子は母親を知っていたの？　誰かに尋ねたことはないし、誰からもテオの母親やその死について聞いたことはない。

音楽がやみ、彼が鍵盤に指をたたきつけた。その不協和音に、グレースは驚いた。椅子が床をこすり、背が高く優美なテオが黒のシャツと黒のテーラードパンツ姿で立ちあがった。

グレースは、危険なざわめきを感じて震える自分を軽蔑した。とはいえ、彼を意識しない女性などいるとは思えなかった。

「僕をさがしていたのか？　それともさがしているのは食べ物かな？」黒い眉が片方あざわらうように上がった。「ひょっとして取り引きがしたいとか？」

「あなたをさがしていたの」グレースは視線をそらさず、青い瞳をまっすぐテオに向けた。

「歩きまわっていて平気なのか？」

グレースが裸足《はだし》なのに、テオは気づいた。それに、彼女が着ているガウンはつまずきそうなほど丈が長い。色はグレースの瞳の色と同じ青だ。

下にはなにを着ているのだろう？　顔にかかっているあのシルクのカーテンのようなシルバーブロンドの髪を指ですき、顔の輪郭をなぞってみたい。

父親がなぜグレースに財産を遺《のこ》したのか、テオはすでに理解していた。年老いて弱っていたのでは、大きな目をした誠実そうで官能的な彼女に惚《ほ》れこんだのも無理はない。

欲望が勢いよく突きあげてくるのを感じ、テオはクレオとの関係を急に終わらせたのは失敗だったと思った。彼は年老いても弱ってもいなかったし、禁欲的な生き方はしたくなかった。一度もそうしたいと思ったことはない。

必要なのは看護師ではなく、ベッドの相手だ。しかし、この女性は違う。

「お気づかいをありがとう」グレースは冷たい声で言い、テオに見つめられていることに気を取られまいとした。

彼がズボンのポケットに手を突っこみ、こちらに向かってきた。グレースは〝とまって！〟と叫びたかったけれど我慢した。そんなことをしたら怖がっていると知られてしまうからだ。

いいえ、怖いのはテオじゃなく……もしかしたら彼が私の中にある感情を揺さぶることでは？

その考えには耳を貸さず、グレースは顎を上げた。「それで目的を果たした君は……僕とどうなりたいのかな？」

ささやくように問いかけられ、彼女の頬が赤くなった。行く手にある地雷を避けるように、その問題を考えるのは避けていた。

「ニックから電話がかかってきたの」冷静でいる努力をしていても、声は怒りに震えていた。

「君はボーイフレンドをちゃんと手なずけているんだな」

「ニックは地所の管理人よ」グレースは言い返した。

テオは一瞬眉をひそめたものの、やがて顔を輝かせた。「僕がいなくなったあと、彼は管理人になったわけか」

テオがパラッツォにいた間の管理人はルイージだ

った。大変だったに違いないが、彼はよく息子のニコを連れてきていた。英語ではニコの愛称はニックになる……。

「彼は八年、ここの管理人として働いているわ」

彼はおもしろくなさそうに笑った。「だから、僕がいなくなったあとと言った」グレースのぶっくらとした唇が不服そうにとがるのを見ながら説明する。その唇がなんのためにあるのかを考えると、欲望がわきあがってきて集中できなくなった。

「ニックにとっては大変な一日だったのよ。納品されるべきものがキャンセルされたり、支払いがとどこおったりしたんだけど、なにか知らない？」

「知らないふりをするつもりはない」テオは言った。

否定しようともしないなんて。「私だってそうよ」グレースは言い返した。

口をつぐみ、あらためて怒りをかき集める。

「理解できないわ……どうしてこんなことをするの？」相手の悪意を純粋に不思議に思いながら尋ねた。

「なぜ気にする？」テオがきき返した。

「あなたが妨害している事業計画は、お父さまにとって大切なものだったの」その言葉で変化が起こらないかとテオの顔を観察する。しかし、返ってきたのは冷ややかな視線だけだった。「みんな、お父さまのためにがんばっているのに。わ……私が保証するわ」

震える唇を噛み、激しくまばたきをしつつ、彼女は続けようと口を開いたが、また閉じた。恐ろしい疑いが思い浮かんだのだ。

「だからなの？　腹いせってわけ？　お父さまは亡くなったから、これ以上傷つけることはできないわ。どうしてそんなに憎んでいるの？」

その言葉は考えるより先に飛び出していた。テオからはなんの反応もなかった。

「重要なのはどうしてではなく、僕にはそれができるという事実なんだ」

彼はこちらの指摘を否定しなかったが、グレースは気づかなかった。

「僕がこの土地を売るのを君にとめられたように、僕も君のささやかな計画をとめられるんだ」

グレースの顔が色を失い、青い瞳がショックで大きく見開かれたのを見て、テオは言葉を切った。彼女が金めあての女だと知っていなければ、説得力のある表情だった。

「君は数字を見たのか？　それともただサインしただけか？」

「もちろん数字は見たわ」グレースは憤慨し、テオと同じく軽蔑をこめて言い返した。「たしかに、あの大理石は本来四分の一の値段で手に入れられる。でも重要なのは――」

言いおわる前にテオが近づいてきたので、彼女は唇をいまいましげに引き結んだ。「君は石職人たちの人件費を把握しているのか？　ぼったくられた金は誰の懐に入っている？」

グレースはかっとなった。「私を中傷するのはかまわないけど、ここで働く人たちには敬意を払ってちょうだい。幼稚な仕返しに振りまわされていい存在じゃないから。あなたの思いどおりにならないという理由で、自分の仕事をしているだけの人を中傷するのはやめて」腕を組み、煮えたぎるような軽蔑のまなざしを向けた。「どんなに情けないことをしているのかわからないの？」

テオの顔に衝撃が走った。しかしその感情はたちまち怒りに変わり、黒い瞳が氷と化した。「そんな言い方はしないほうがいいぞ」耳ざわりな声で言う。

「そうかしら」彼の怒りを目のあたりにしても、グレースは気がたっていて用心するのを忘れていた。「もう少し教えてあげるわ。大理石は地元で調達したものだから、地元の業者や職人の利益になるの。古いものを再利用しているうえ、運ぶのに飛行機を使う必要もない。だったら、いい取り引きだとわかるでしょう？　人件費が高すぎるとあなたが言った人たちは高度な技術を持つ石職人で、地元の優秀な人材よ。失われつつある技術を活用して古い建物を修復してもらうために、彼らには働いてもらいたいの。世間の半分の人がその点を評価して訪れてくれるなら実行する価値はあるし、長い目で見ればかかった費用も回収できるわ」

グレースの話が終わるころ、テオの怒りは驚きに変わっていた。驚いたのは彼女の知識にではない。その情熱にだ。あれは本物か？

彼はその可能性を否定した。グレースのような女性には必ず裏がある。「どうしてそんなことまで知っている？」

グレースは感情を爆発させた余波で体を震わせながら深呼吸をした。魅力的だが腹のたつ家族と生活してきて、対立は解決策にならないと学んだため、挑発には冷静に理性をもって対応するつもりだった。

しかし、テオの冷笑には耐えられなかった。

「興味があったの」彼女は答え、かっかするのをやめようと遅まきながら努力した。「情熱は伝染するものだから。お父さまは事業計画にとても熱心に取り組んでいた」

ゆっくりと悲しげな笑みを浮かべる。

「サルヴァトーレにはたくさんの知識と熱意があったわ。とても……」

胸がつまり、グレースは口に手をあてて嗚咽《おえつ》をこらえた。

「とてもすてきな人だった。お父さまが亡くなって寂しいわ」彼女は小さな声で言った。

グレースが抱く父親への理想的なイメージを、テオは残酷な言葉でだいなしにできた。

なのに、なぜそうしなかったのか？

この女性と父親との関係がどうであったかを問題にしても仕方ないからか？ グレースが本当にやさしい女性だろうと、すぐれた女優だろうと関係ない。彼女がここにいて、自分のじゃまをしているという事実のほうに集中しなくては。それ以外には注意を向けるな。

「父はもういない。だが僕はいる。ちょっと泣いたり、僕が支持する環境保全に寄与すると訴えたりしたところで無駄だぞ。僕のサインが欲しいなら、経済的に正当な理由を示してほしい」

残酷な言葉に、グレースが顔を上げた。まだ涙が浮かぶ目を憤りで輝かせ、髪を後ろに払ってテオをにらみつける。

「もう示したと思ったけど」

いまいましいが、そのとおりだった。

「あなたって本当にひどい人ね！」

あまり独創的ではないけれど、正確な表現だった。どうしてこんなに冷たくて残酷な人が、あんなに情感をこめてピアノを弾けるのかしら？

「そう言われて僕がどれほど傷ついているか、君にはわからないだろうな」テオが官能的な唇に苦々しげな笑みを浮かべた。「君の仕事では患者との間に距離を置くことが必要だと思ったが。患者が亡くなるたびに落ちこんでいるのか？ それとも、落ちこむのは財産をくれる患者に対してだけなのかな？」

青い瞳に炎のような嫌悪感をたたえて、グレースががテオを見つめた。「そうね、たしかに患者と距離を置くことには苦労しているわ」

患者に感情移入しながら大変な一日を過ごすと、気持ちを切り替えるのはむずかしく、心に大きな負担がかかった。

「それでも、私は自分をいい看護師だと思っているわ」

患者と距離を置ければもっといい看護師になれたかもしれないし、もっと楽に生活できたかもしれないけれど。

そう思うと静かなため息がもれた。

「あなたが興味を持ってくれることを期待しているわけじゃない。あなたが生まれつき相手を不愉快にさせる人なのか、それとも不愉快にさせようと努力している人なのかもどうでもいいわ。でもそういう態度でじゃまをしていれば、私が折れるとあなたは思っているんでしょう？」

体が危険なほど熱くなっているにもかかわらず、グレースは眉を上げた。しばらく見つめていると、テオの口角が上がったのでどきりとする。

その彫刻を思わせる官能的な唇は、危険で不穏な魅力があった。

「私はここを動かないから」彼女は言った。「あなたは好きなだけ不愉快な人でいればいい。でも、星空邸を壊すことは許さないわ」

攻勢に転じたグレースに、テオは驚いた。これは計画とは違う。

胸にいらだちがこみあげた。冷静にこちらを見つめる挑むような青い瞳はまったく揺らいでいない。それでも激しく打つ喉元の脈と握りしめた拳だけが、彼女が見かけほど冷静でないことを示していた。

「なにが問題なの？　どうしてなにもかも壊したいの？　お父さまはあなたをすばらしい人だと言って

たわ。誇りに思ってるって！」

テオは不自然に明るい笑みを浮かべ、グレースのほうに一歩近づいた……。

彼に向かって歩き出したい気持ちとそうしたくない気持ちとがせめぎ合った結果、グレースはその場から動けなくなった。心臓は痛いくらい打っていた。

「僕がどれくらいこういう会話を楽しみにしていたか、君にはわからないだろうな、かわいい人《カーラ》」気づくとテオは右手を伸ばし、長い指でグレースの顎をなぞっていた。

眉をひそめて手をどけようとしたとき、彼女の体が震え、こちらを見あげる青い瞳に情熱を感じた。

テオは自分を論理的な人間だと自負していた。だから体は熱い欲望に襲われていても、頭は論理的に状況を分析していた。

たしかにグレースには魅力を感じているし、興味も覚えている。そういうよけいなものはなんとかしないと自分の計画のじゃまになってしまう。もっとも効果的な方法は、グレースの唇はどんな味がするのか気にするのをやめ、実際に確かめることだ。キスをして、答えを得ればいい。好奇心を満たして前へ進むのだ。

テオが顔を近づけたとき、青い瞳は驚いていた。

グレースはキスに溺れそうだった。腰に手をまわされていなければ、倒れていたはずだ。

キスはゆっくりと、官能的になっていった。唇が唇をかすめ、舌と舌がからみ合って……。

息が荒くなり、テオは身を引いた。二人の間に生じた激しい男女の化学反応に、正気が吹き飛びそうだった。

グレースはまぶたを無理やり開け、テオを見つめた。彼の黒い瞳には感情があらわになっていて、下腹部が痛いくらい締めつけられた。

「ああ、グレース、ここにいたのね」緊張した空気にも気づかず、髪をまとめたマルタがきびきびとした動きで部屋に現れ、グレースは家政婦にキスをしたいくらいほっとした。

でも、テオとは実際にキスをした。

本当のキスがあんなものだとは知らなかった。できれば知らないほうがよかった。

彼を見ずに、グレースはそろそろと一歩離れた。

「もしあなたがこの書斎で食事がしたいと知っていたら、そうしたんだけど――」マルタが言いかけた。

「いいえ」グレースは少し息苦しそうな声で言った。「ちょっと歩いて……牛乳を取りに行きたかっただけなの」

性的な魅力について、私は無視を決めこんでいたほうが幸せだったのかもしれない。

「だったら下りてくればよかったのに」すらりとした上品な家政婦が母鶏《ははどり》のようにたしなめた。

「そうよね」グレースはおとなしくうなずいた。

私にはいろいろするべきことがあった――いいえ、むしろある特定のことをするべきじゃなかったんだわ。

「部屋まで行くから手伝ってくれないかしら?」グレースは足元に視線を落とし、ふたたびうずき出した足首の痛みを感じていないふりをした。

「もちろんよ」

マルタの腕に支えられながらも、グレースは自分を追うテオの視線を強く意識していた。

4

落ち着かない夜を過ごしたあと、頭をすっきりさせるためにテオは走りに行った。なにも考えず、十代のころに使っていた道を進んでいく。かつて踏みしめたその場所は今、草が生い茂っていた。オークの若木が根を張り、少しまわり道をせざるをえないところもあった。

このあたりはきれいにする必要があるな……。

彼はすぐさま、その思いを振り払った。長居をするつもりはないから、きれいにする必要はない。眠れぬ夜が明けて考えごとができるよう走る朝も二度とないだろう。

ここへ来たのは間違いだった。しかし、誰にでも間違いはある。振り返ることは罪だ、と訴えていた頭の中の声は正しかった。

地面はでこぼこしていて、道は荒野とほとんど区別がつかなかったが、テオは速度を上げた。潮の香りと足元の野生のハーブの香りがまじり合う中、先をめざす。しかし舌と舌が触れ合ったとき、グレースが小さく喉を鳴らしたことを思い出すと、なにも考えられなくなった。

彼は朝日に向かって目を細め、冷静さを取り戻した。大事なのは過ちを認めて繰り返さないこと、自分を責めないことだ。

あのキスは過ちだから、繰り返す気はない。

だが、なんてすばらしいキスだったのだろう！

朝食が自室に運ばれても、グレースは固辞しなかった。痛めた足首は格好の口実だった。ありがたいと思った次の瞬間、恥ずかしくなる。なにも悪いことはしていないのだから、逃げるつもりはなかった。

しかし悪いのはテオで、自分は罪のない犠牲者だと思うと、眉間に自嘲めいたしわが寄った。

キスを始めたのは私じゃない。でも、その言い訳は自分でも納得がいかず、グレースは焦りを覚えた。棒で彼を撃退したわけでもないでしょう？　唇を奪われた瞬間を何度頭の中で再生しても、キスを返さなかったと胸に手をあてて誓うことはできなかった。テオは出会った中でもっとも男らしい男性であり、グレースの一部はその男らしさに反応していた。そんな弱い部分が自分にあるとは知らなかった。

このまま隠れていていいの？

答えを思いついて、彼女はベッドの上の朝食用トレイを脇に押しやった。浴室へ向かい、ナイトドレスを脱ぐと、足首の具合がかなりよくなっているのに気づいた。たしかに痛みも痣《あざ》もまだあるけれど、問題なく体重は支えられた。

問題は頭だわ、とグレースは思った。テオのことを忘れられないのだから！

憤慨したまま浴室へ入ったけれど、そこで冷静さを取り戻した。いない間に誰かが部屋をきれいにしてくれるとわかっていても、自分のものは自分で片づけるのがグレースの考え方だった。

ナイトドレスを備えつけのバスケットに入れて湯を出す。

朝、化粧をすることはめったになかった。今日は特にそうしたい気分ではなかった。いい印象を与えたい人もいなかったから、はき古したカットオフのジーンズとだぶだぶのTシャツでもなにも気にならなかった。

サルヴァトーレはいつも完璧に身なりを整えてから、小さなダイニングルームでグレースと朝食をとっていた。彼の死後、一度だけそこで孤独な朝食をとってとても居心地が悪い思いをしてからは、厨《ちゅう》房《ぼう》へ行くようになった。ときにはマルタが一緒のこともあった。

もしかしたらテオが現れたせいで、前と同じ習慣が復活するのかしら?

確かめるつもりはなかった。グレースはマルタがいるのを期待して厨房へ向かった。

家政婦がいたら、テオと二人きりにならずにすむ。あの悦に入った尊大な笑みを目にするのはまだ早すぎる。

華奢《きゃしゃ》な肩をいからせて中に入ったけれど、厨房には誰もいなかった。肩を落とし、ほっとする自分を軽蔑する。隠れる必要はない。星空邸は私の家でもあるから、堂々としていてもいいのだ。テオにとって、私がうろうろする姿ほどうれしくないものはないに違いない。

反抗的な気持ちがわきあがると食欲もわいてきて、部屋で軽く食べたにもかかわらず、グレースは焼きたてのパンの匂いにそそられた。

ひと切れにしておくのよと自分に言い聞かせて、バターと蜂蜜を取りに食料庫《パントリー》へ向かう。

表面がかりかりに焼けたパンにバターと蜂蜜をたっぷりぬると、コーヒーを持ってテーブルについた。けれどふた口目を食べようとしたとき、ドアが開いて、黒いショートパンツと汗にぬれたタンクトップ姿の人物が入ってきた。

蜂蜜が皿にしたたるまで、グレースはパンを食べようとしていたことも忘れていた。

テオは両手を自分の膝にあてていたので、体を起こして彼女に気づくまでしばらく時間がかかった。そして喉の奥からなんとも表現できない声をあげた。

あれはきっと嫌悪だわ。「楽しいランニングだった?」肌から湯気が出ている彼への反応は無視して、グレースは明るく尋ねた。

タンクトップが体に張りついているせいで、テオがすばらしい体をしているのがよくわかった。タンクトップがなければもっとすばらしいことも。

上半身の筋肉は力強く、ほどよくついていた。脚は信じられないほど長く、腰は引きしまり、腿はたくましい。

グレースの胃が恥ずかしくなるくらいに何度も宙返りをした。そうなるのもしかたない。彼女も一人の人間であり、女性だった。相手は救いようのないひどい男性だけれど。

テオはしばらくその場から動かず、大きく深呼吸を繰り返していた。たしかに彼はひどい男性だ……ああ、でもすごくセクシーですてきな人でもある！

「コーヒーでもいかが？」片方の足首をもう一方の足首にかけて、グレースはさりげなくきいた。膝は震えていて、いらないと言ってくれるのを期待していた。膝から上は考えるつもりがなかった。なにがどうなっているのか分析するのは恥ずかしすぎた。

親しげではないがこちらをどぎまぎさせる視線を投げかけたあと、テオが巨大な冷蔵庫に歩いていって中から水差しを取り出した。そしてグラスに水を注いで飲みほすと、年代物のガスレンジの前に移動してグレースのほうを向いた。

「君はよく眠れたか？」

「いいえ」

彼が笑みに似た表情を浮かべた。長いまつげに縁取られた瞳は暗く陰っていて危険だった。

「僕もだ」テオが上の棚に手を伸ばし、並んでいたマグカップを取った。

グレースはテオの肩と背中の筋肉の動きから目をそらそうとした。しかし彼が振り向いたときも、まだ見つめていた。「楽しいランニングだった？」彼女は口を開いた。

「さっきも同じことをきいたぞ」

「あなたに礼儀正しくしているの」あなたは礼儀と

いうものを知らないみたいだけれど、と子供じみた皮肉をつけ加えるのは我慢した。

「神経質になっているのか？」テオが長いまつげの下からグレースを見つめた。

否定はせず、彼女はテオをまっすぐに見返した。「たしかに、この状況には居心地の悪さを感じているわ」もう一度深呼吸をしてから続けた。「あなたは遺産の半分を受け継いでいるんだし、なにかを決める前に私はあなたに相談するべきだったのかもしれない。ゆうべの話し合いは途中で終わってしまったけど、正直なところ――」

テオが手首にはめたスマートウォッチが光った。彼が片手を大きく振ってグレースの言葉をさえぎった。「そうだ、正直になろう」

彼女は唇を引き結んだ。「あなたは私の相続分を買い取ろうとしかしなかった。ここの切り盛りに興味があるとは思わなかったわ」

「興味はない」

グレースは青い瞳にいらだちを浮かべた。「それなら、気まずい思いをしているんでしょうね」そしてふいに目をそらした。

テオがブラックコーヒーを飲むと、褐色の喉が波のように上下し、グレースの体の内側にも同じ反応が起こった。この人はなにげない仕草を魅力的に見せてしまう男性なのだ……。

「君は事業計画に僕のサインが欲しいと思っているのか？」

彼女は疑わしげに目を細くした。「あなたがなにと引き換えに協力してくれるのかによるけれど」

グレースはテオの顔に視線をやった。キスをしたことを思い出すと、恥ずかしくて頬が熱くなる。多くの女性は彼とキスができるのを喜ぶはずだ。

「君は手ごわい交渉相手だな……」

顔を上げてまばたきをしたグレースは、家族がその言葉を聞いたらと想像して思わず笑った。彼らからは感情的になりやすいお人よしだ、と言われていたからだ。

「そんなにおもしろかったか？」

すてきな笑い声だ、とテオは思った。深みがあって味わい深く、実物よりも強い女性らしく聞こえる。

華奢なグレースといると、いじめているような気分になるのがいやだった。だが僕が怪我《けが》や女性であることに配慮したら、彼女は腹をたてるはずだ。

おもしろいというよりは痛々しいというほうが正しいと思い、グレースは表情を消して肩をすくめた。家族のことは愛していたから、誤解されていても傷つくより愉快に思うことにしていた。

ふと、テオならスチュワート家の人々と一緒にいてもくつろげるのではと思った。彼と私の家族は優秀なサラブレッドだから、共通の話題がたくさんあるはずだ。でも私は――。「ポニー……」

ああ、どうしよう。声に出して言ってしまった！

グレースの顔が凍りついた。

「なんだって？」

「ええと……ポニーを繁殖させたらどうかと思っているの」

「君は乗馬をするのか？」

テオが乗馬をするのを、グレースは知っていた。星空邸には少年のころのテオの写真が飾られている。その中の彼は痩せていて、脚にいくつも傷を作り、豊かな髪を振り乱して裸馬にまたがっていた。

今やその脚には筋肉がついて柱のようだ。彼女はそこをじっと見るのをやめた。男らしさの典型である目の前の男性が、髪をくしゃくしゃにした、かわいいすきっ歯の少年だったとは信じられなかった。

「レッスンを受けたんだけど、馬から落ちてしまったの。それ以来、乗馬をしたことはないわ」

「一度失敗しただけじゃないか」

グレースは肩をすくめて言い返した。「そのときのポニーが私には大きすぎたのよ」嘘《うそ》じゃないわよね、と自分に言い聞かせる。

「馬が怖くなったのか？」

「いいえ、高いところが苦手なだけ」

「君にも弱点があるとわかってよかったよ」

テオの詮索のまなざしを無視して、グレースは立ちあがった。私が彼のような男性を苦手としている事実を、どうやって利用しようかと考えているのだろうか？　視線がテオの唇でとまった。苦手なのは彼のようなキスをする男性では？

次の瞬間、グレースは目を閉じてうつむいた。

「僕たちには話し合うことがある」テオが言った。

彼女は顔を上げて目をまるくした。たしかにそうだけれど、弁護士を通じてのほうがよかった。もっと言わせてもらえば、話し合うならテオが今よりもたくさん服を着ているときがよかった。

グレースは、テオに追いつめられている気がしてならなかった。彼に関してはなにがあってもおかしくない！

「今朝は予定があるの」彼女は断った。

テオの顔に一瞬、困惑がよぎった。まるで誰からも拒否されたことがないかのようだ。

たぶん、本当にないのだろう。

「予定とは？」

「地所の管理人のニックと打ち合わせを――」

「わかった。僕も同席しよう」

目を見開いたグレースは顔を伏せ、大変なことになったと思った。テオはなにか言ったり、いやな顔をしたりする必要もない。彼はいるだけで、コーヒーを飲みながらニックと私が気軽におしゃべりをする時間をだいなしにしてしまうはずだ。私は見下されたり、相続人の資格がないと思い知らされたりするに違いない。

「それはあまりいい考えじゃ――」

グレースは口を閉じておけばよかったと思った。

テオはすでにドアに向かって歩いていた。

「同席はするが……」彼が時計に目をやり、軽い口調できいた。「打ち合わせはいつ、どこである？　直接そこへ向かうよ」

「そ……それは本当にいい考えじゃ――」

あざけりをこめた表情で、テオが彼女のたどたどしい抗議を一蹴した。「今日の議題はなにかな？」

「議題？」グレースは繰り返した。「役員会じゃないのよ。おしゃべりしてコーヒーを飲むだけだわ」

「神経質になっているから、これ以上コーヒーを飲むのはやめたほうがよさそうだ」

彼が軽くほほえんで顎に手をやった。ひげ剃《そ》りはまだのようだ、とグレースは思った。

「わかった。ネクタイはしない」

たしかに、テオが事業計画に関心を持ってくれたらいいのにとは思っていた。だが今の彼の態度には、なぜか前より不安を覚えた。もしかしたら私はテオに反感を持っているから、ありもしない疑いを抱いているのかもしれない。

グレースは楽観的に考えようとした。遺産相続に対するテオの後ろ向きな考えを変えてもらい、感情に訴えるチャンスかもしれない。

テオだって生まれ育った土地には愛着を持っているに違いない。だったら、その気持ちを呼び覚ますことができれば……。

ドアの横の壁に手をついたテオは、グレースの顔に浮かんだパニックが決意に取って代わられるのに気づいて、冷笑したい気持ちが好奇心に変わるのを感じた。

なにがあったのだろうと不思議に思い、壁から手を離す。とはいえグレースの思考や動機、あの美しい頭の中でどんなことが起こっているのかについてはあまり興味がなかった。

テオはすでに二人の相性のよさと本能的に惹《ひ》かれ合う力、欲望が自分を無関心でいられなくしているのを認めていた。だが、彼女の美しい外見以外に注目しようとは思わなかった。

グレースはテオより先にニックのオフィスに着いたけれど、すぐにテオが現れたので、郷愁を誘うという考えをニックに説明するチャンスはなかった。シャワーを浴びたらしくテオの髪はまだ湿っていて、ひげも剃ってある。その体からは挑戦的な空気が電流のように伝わってきた。

テオが先ほどよりたくさん服を着ていることに安《あん》堵《ど》したのはほんの一瞬だった。彼はやはりどんな男性よりもすてきだった。身につけているのは淡い青のポプリンのシャツにグレーのジーンズ、黒いベルトだ。約束どおりネクタイはなく、深い金色をした喉のつけ根を見ているうち、グレースは体の内側が震えはじめた。

グレースが冷静さを取り戻す前にニックが彼女の横を通り過ぎ、テオに手を差し出してにっこりした。

「ニコなのかい?」ほほえみながらテオが進み出た。「そんなわけないよな……。僕が知るニコは、ここからできるだけ遠くにいるはずだからね!」

ニックに差し出された手を握り、テオが流れるようなイタリア語で朗らかに話した。

握手をし、背中をたたき合う二人を見て、グレースは口をあんぐりと開けた。そのうち憤りがつのってきた。わざと私をのけ者にするなんて。

「ロックスターになるつもりはあったよ、テオ。だがいろいろあってね。人は変わるものなんだ。父さんが病気になって、手伝いに戻った」

「そのまま残ったってわけか？」

ニックがうなずき、肩をすくめた。「そうだ《シ》。父さんが亡くなったあと、母さんはイギリスへ戻って自分の双子の妹の近所で暮らしはじめたよ」

「君はそこへ行きたくなかったのか？」

「君のお父さんから、管理人の仕事をやってみないかと誘われたんだ。だから残った。今は結婚して、子供もいる。二人ね」

サルヴァトーレの話をされて引きつっていた顔に、テオがかすかな笑みを浮かべた。「おめでとう」それからその表情を消し、目を伏せる。「お父さんのことは残念だったな」

「原因は心臓だった。前から問題があったんだ」

「知らなかったよ」

グレースはそろそろ自分の存在を思い出させることにした。「二人は知り合いなの？　そうなんでしょう」彼女は記憶をたどった。ニックにテオを悪く言ったことがなかった？「でも一度も言ってくれなかったわね？」

憤慨するグレースに向かって口角を上げ、テオは言った。「君が〝ニック〟の話をしたとき、それが〝ニコ〟の愛称とは思わなかったんだ」テオは罪悪感を押し殺した。大邸宅《パラッツォ》と地所の所有者が変われば使用人たちの人生も変わるのを、遠く離れていた僕は簡単に忘れていた。ここにいたら覚えていただろうが――。

彼は目を細くした。だからといって過去を水に流す理由にはならない。新しい所有者が使用人を雇いつづける可能性はじゅうぶんある。それを売却の条件とすればいいのだ。

「テオと僕は子供のころ、よく一緒に遊んでいたんだ。話したいことが山ほどある」ニックが言った。

「怖いな」テオはほほえんだ。

テオの心からの笑顔を初めて目にしたグレースは、あれなら虎でも手なずけられ、氷山でもとかせると思った。

「だが忘れないでくれ。話なら僕にもあるんだ」彼がニックに言った。

今のテオは人間らしい。こんな彼には触れてみたくなる……。彼女は目をそらしてその考えを追い払い、テオは抜け目がなく冷酷な男性で、自分とマルタがいなければサルヴァトーレは孤独な死を迎えていたのだと思い直した。

もの思いに沈んでいたグレースは、自分のためにニックが椅子が引いてくれたことに気づいていなかった。少しためらってから、二人の男性の会話に加わる。しかし二人がイタリア語を無意識にまぜながら話しはじめると、ふたたびのけ者にされた気分に陥った。

だが二人は思い出話に花を咲かせていたわけではなく、地所の仕事について話していた。

グレースも一生懸命ついていこうとしたけれど、話の大部分は理解できなかった。

ニックがわざと私を仲間はずれにしていないのはわかるけれど、テオはどうだろう？　私に疎外感を味わわせたくて話の主導権を握り、専門的な質問をニックにしているのでは？

両手でコーヒーカップを包んでいた彼女は急に姿勢を正し、被害者ぶってすねている自分に気づいた。その欠点は直ったと思っていたのに。

これはテオやニックではなく、劣等感を持っている私が悪いのだ。ほかの家族ほど聡明《そうめい》でも美しくもなく、脚も長くないかもしれないけれど、脚は動くし、頭だって働かせることができる。

いちいち説明する必要のない相手と話せてニック

がほっとしていることは責められない。テオはおそらく、仲間はずれにされた私のようすを楽しんでいるのだろう。自分の殻に閉じこもった私はテオの罠《わな》にはまってしまったのだ。「もう一度、今のところを話してくれる？　私にはあまり……」

ニックが顔を紅潮させ、後ろめたそうな顔になった。だがテオは平然としていた。「すまない、グレース。昨年の異常気象でオリーブの収穫量が減ったと言っただけなんだ。だが今年は豊作のはずだ」

「すてきだわ。それを購入者向けのパンフレットに書いてはどうかしら」グレースはテオに向き直った。「ニックからオリーブオイルの事業計画のことは聞いた？　いくつもの高級店が興味を示しているの」

テオは眉をひそめた。「いい話だ。成長が見こめる事業として売却するなら重要だよ」

成長が見こめる事業ですって？

その言葉は初めて聞いた。ずっとサルヴァトーレの遺産はばらばらにされて売られるのだと思っていた。早く処分することが利益よりも重要なのだろうと。しかし不快そうな表情を浮かべたニックに気づいて、グレースは言った。「私は売ろうとは考えていないわ」

頬が痛くなるほど努力してほほえみつつ、彼女は立ちあがった。自分の言葉をテオが聞きたくなかったのがわかってうれしくなった。

「これで失礼するわね。どうぞ昔話を楽しんで」

頭を高くし、グレースはオフィスを出ていった。憤慨している彼女に気づいて、ニックは気まずい顔をしていた。もう一人の男性のほうはわからない。

テオの黒い瞳の輝きを思い出して、グレースは頭を振った。彼がなにを考えているのか理解できなかった。でも、理解できないほうが心安らかでいられそうだ。

いくら思いをめぐらせても冷静にはなれず、いらだちがつのって叫びたくなった。けれどグレースはイトスギやオークの木が生い茂る小道を歩き、岩だらけの斜面を下ってビーチへ向かう間、息を切らしながら小声で何度も悪態をつくだけにとどめた。

途中、足首を休めるために何度か立ちどまった。到着した砂浜には波が押しよせてはゆっくりと後退し、砂粒を運び去っていた。

医者からは、痛めた足首を気にせず歩いていいと言われていた。けれどグレースは少し歩きすぎたせいで、砂にうもれた石を踏んだときにたじろいだ。気温は上がっていたものの、日焼けどめをいつもより念入りにぬっていたので、リネンのシャツを脱いで砂の上に腰を下ろした。

日焼けする心配はしていなかった。

5

砂の上に座って波の音に耳を傾けるうち、グレースのいらだちは静まっていった。波が爪先をくすぐり、座っている間に潮が満ちてきたことに気づいた。

立ちあがった彼女はたたんだシャツを濡《ぬ》れないように自分の後ろに投げ、腰に手をあてて周囲のターコイズブルーの海と白い砂浜を見まわした。理屈ではなく憧れに近い気持ちから、この場所を愛するようになっていた。理由を説明するには言葉だけではとても足りなかった。

私はここが自分のものだったらいいのにと思っているのに、テオはどうして捨てたがっているの？

彼が現れて、私が名ばかりの所有者であることがよくわかった。けれど、この土地で生まれ育った彼は大邸宅《パラッツォ》とそれにまつわるすべてを拒絶している。

テオがここを嫌っていても、使用人たちには関係ないようだ。彼が十八歳から星空邸に一度も帰らずに父親を無視していたことは忘れられているか、許されているらしい。

ニックやマルタと違って、ほかの使用人たちはテオがここを売り払おうとしているのを知らない。テオがすぐに行動することはないと思って、私は二人以外に言っていなかった。

どんな噂《うわさ》があるとしても、テオが星空邸の人々から好意的に迎えられているのは間違いない。ニックと同じで、人々は自然に彼に注目するようになっている。

そうなるのは予想していた。グレースの家族も積極的で社交的で、出かけた先ですぐに注目の的となるのを楽しんでいた。

一方、グレースは注目されるのが嫌いだった。自慢するのも好きではない。母親譲りの控えめな胸に目をやって、彼女は笑った。

娘に文句を言われても、母親は〝めだたなくていいじゃないの〟と平然と反論した。十六歳のときは賛成できなかったけれど、今はいいこともあるのに気づいていた。特に今日のような日はブラをつけなくても痛いくらい揺れることはなく、快適に過ごせた。

グレースはさらに小さく笑い声をもらした。そういう機会はないとわかっていても、家族が注目を浴びているところへテオが現れる光景を想像するのは楽しかった。一度くらい、家族が無視されるところを見てみたかった。家族にもオーラのようなものはあったが、テオが身にまとっているオーラは次元が違っていた。

彼女の顔から笑みが消えた。テオは私のような疎外感を覚えたことはないはずだ。賭けてもいい。場違いな自分に落ちこんだこともないに違いない。家族を拒絶したのは彼のほうで、逆ではない。

グレースは罪悪感に襲われた。私の家族は私を拒絶したわけじゃない。輪の中に入れようとしたのを、私が断ったのだ。

〝あの子、失読症だと思うんです〟という言葉も、両親にとっては英語と数学の成績がBマイナスの子供より、失読症の子供のほうがよかったからだ。

私はいつから努力をしなくなった？

頭に浮かんだ疑問に、グレースは顔をしかめた。過去を蒸し返すのは好きではなかった。そのうえ、自分が家族を感心させるほどの結果を残せないのはわかっている。家族の中の変わり者という役割を受け入れたら、ずいぶん楽になれた。

どうして私だったの？

サルヴァトーレが遺産を自分に相続させた動機はなんだったのか、グレースは何度も自問していた。彼は私になにを期待していたのかしら？

絶望のため息をつき、うなだれる。

顔を上げると、海につかっているひねったほうの足の爪先をくるくるまわしたり、膝を伸ばしたりしてみた。痣《あざ》は残っているけれど、腫れはほとんどない。これならもう少し歩けそうだ。

後ろを振り返って初めて、海岸に沿ってどれだけ歩いたかに気づいた。このあたりにはこれまで来たことがなく、グレースは右手にある変わった形の岩に目をやった。好奇心を刺激されて、海から突き出しているその場所に向かって歩きはじめる。フォークのような形を見て、サルヴァトーレがある洞窟について語っていたのを思い出した。干潮時に歩いて入れるそこの天井は水晶のような石におおわれていて、海水が入りこむと緑色に光るという。

グレースは岩に沿って進み、洞窟の入口にたどり着いた。海水は足首のところまでしかなかったので、ちょっと中を見るくらいなら危険はなさそうだ。じっくり探険するのは潮が引いている間にするつもりだった。

グレースが去ったあと、テオは管理人のオフィスに長居をしなかった。旧友との会話で落ち着かない気分になっていた。ニックはもう別の人生を送っていたが、まるで会っていなかった年月がなかったかのように昔話をするのは驚くほど簡単だった。

しかし頭を占めていたのはそのことではなく、グレースの傷ついた青い瞳だった。

なぜそんなことが気になるのだろう？

彼女に好意など持たれたくなかった。孤立させ、居心地の悪い生活をさせるつもりだったのだ。

グレースの表情は学校になじめない、いじめられっ子みたいだった。テオは自分がいじめっ子になった気分だった。

筋の通らない反応に腹をたてたテオは、崖の道を通ってパラッツォに戻った。自分の会社に連絡する必要があったが、いらだちがおさまらなかった。ここにはいたくない。過去の心の傷がよみがえるのもいやだ。

最初は鳥の鳴き声だと思った音は、やがて電話の着信音だと気づいた。しばらくして、彼はその音が砂浜に放置された服から聞こえるのを突きとめた。道を行くのをやめて崖のほうへ行き、昔見つけた足場をさがして進んでいった。

近づいていくと、無造作に脱ぎ捨てられたサンダルと白いリネンのシャツの下でまた電話が鳴った。これはグレースのだ。目が粗くだぶだぶだったのを覚えている。これがなければ彼女の白い肌は日焼けしているだろう。

落ち着きを失ったテオは怒ったようにそのシャツ

をつかんだ。なにも考えずにシャツを顔に近づけ、生地に残っていた香りを吸いこんだ。ののしりの言葉とともにシャツを落とし、砂浜とその向こうの海を見た。甘い香りの主の姿はない。目を細くしたテオは波打ち際に黒っぽいくぼみを見つけた。ほかにも足跡はあったかもしれないが、満ちてくる潮で消えていた。

携帯電話がまた鳴り出した。音はけたたましかったが、今回はすぐに切れ、直後に甲高い音がした。手に取ると、画面には文字が表示されていた。

〈この記事を見たか?〉

続いて目に入ったタブロイド紙の名前は下品な記事で知られていた。

〈来週の妹の授賞式に来るつもりなら、考え直すことだ。ホープが主役の夜だから……〉

残りの文字は読めなかったが、文章が消えてもテオは思案げな顔で画面を見つめていた。

記事を見たことはなかったものの、タブロイド紙の名前から内容を推測するのはたやすかった。〝若い看護師、高齢の患者から財産を贈られる〟とかなんとかだろう。

顎に力をこめ、息を吐きながら悪態をついた。このタイミングで情報がもれたのはロロの仕業という気がした。

記事を書かせたのは、テオが有利な立場に立つためだとしか考えられなかった。

テオは足で砂に線を引いた。もしあの男が道をはずれていなかったら、もしあの男が僕に相談していたら――。

まばたきをしたテオの顔にショックが広がった。もしロロが二十四時間前に考えを伝えていても、僕はおそらく〝やれよ〟と言っていただろう。

その間に自分の計画がくるったり、変更になったりしたことにあらためて気づき、眉間にしわを寄せた。それは今も胸を刺している罪悪感と同じくらい不可解だった。

あのメッセージはグレースの家族の誰かからに違いない、とテオは判断した。メッセージの後半に擁護する文章がない限りは、グレースは肉親から同情されてはいないようだ。そして、前にも彼らに恥をかかせたことがあるのだろう。あるいは、家族のほうが薄情なろくでなしなのかもしれない。

ひょっとしたらどれでもないのかもしれない、と彼はつけ加えた。めずらしく詮索をしている自分にきまり悪さを覚えていた。

いずれにせよ、グレースには頼れる人がいないようだ。テオは彼女のそういう状況を喜ぶべきだった。

彼は足跡を見つけた場所をめざしたが、すでに波に消されていた。まるでグレースが行方をくらましたような気がした。

自分がどこに立っているのか、テオは遅まきながら気づいて固まった。

だがすぐに動き出し、ジョギングシューズを脱いで海へ入っていった。なかなか前へ進まないように思えたが、砂底を蹴って泳ぐことができると安堵《あんど》の表情を浮かべた。

頭を低くし、数秒で象徴的なアーチ部分をくぐると、立ち泳ぎをしつつ大聖堂を思わせる洞窟内を見まわした。天井は海面に反射した光で神秘的な深い緑色に光って見えた。

次の瞬間、テオは岩の上にいるグレースを見つけた。ほっそりとした白い脚があるとはいえ、その姿は取り残された人魚を連想させた。

目の前の人魚はカットオフのショートパンツをはき、タンクトップを身につけていたが。

彼の安堵が論理的ではない怒りに変わった。

何度か力強く水をかいてグレースのそばまで行き、まだ立ち泳ぎを始めた。

グレースは、怒りに満ちたイタリア語の悪態の洪水に目をしばたたいた。イタリア語は学びはじめたばかりなのでまったくわからない。しかし、岩に座った彼女の下で立ち泳ぎをしている黒髪の男性の言葉にこめられた感情は、翻訳されなくてもわかった。

「どうも」我ながらあまりにばかばかしい挨拶に、グレースは笑い出した。この数分間の緊張と恐怖が、奇妙な幸福感へ変わる。

洞窟に見とれていたせいで、水位が上がっていたことに気づくのが遅れたときはショックを受けた。けれどパニックには陥らなかった。代わりに洞窟の奥深くへ向かう海流から逃れるため、洞窟の側面にある岩棚に上がった。それでも水位がさらに高くなる前に、半狂乱になって泳ぎ出したほうがよかったことはすぐにわかった。

今となっては潮の流れは強すぎで、アーチをくぐって外に出ることは無理に思えた。

テオが現れたとき、グレースは満潮で完全にふさがってしまう前に、洞窟の入口まで泳ぐしかないと決心しかけていた。

「君にはこれがおもしろいのか？」

彼女はテオが憤っているのを察した。こんなときであっても、彼の信じられないほどすてきな姿を意識していた。黒髪は頭と完璧な顔にぴったりと張りつき、日焼けした腕や胸の筋肉は隆起している。

「おもしろくはないわ」グレースは相手をなだめる努力をした。

しかし、テオの表情はなだめられているようには見えなかった。それどころか激昂《げっこう》している気がした。

「君は――」

彼はそこで言いよどみ、次の言葉をゆっくりと冷静に口にした。

「泳げるのか？」

「もちろんだわ」泳げなければ今ごろ死んでいたはずだ。「得意じゃないけど、沈んだりはしないわ……すぐには」

テオは咳《せき》ばらいをしながら、必死に礼儀正しい態度を保った。グレースに自分の考えを伝える時間はあとでいくらでもあるだろう。集中しなければならないのは現在の問題だ。

「わかった、君はできることをしてくれ。ここから出よう」彼は肩越しに、いっそう狭くなった入口に目をやった。貴重な数秒を無駄にして、彼女の濡れたタンクトップに浮かびあがった胸の先を見る。

気が散った自分を内心嘲笑しながら、テオはグレースに岩棚から下りるよう身ぶりで促した。

手を岩肌に押しつけ、塩からい水に身を沈めようとした直前、グレースはとまった。「確認したいんだけど……あなたはすごく泳ぎが得意なのね？」

声に出しながらも、愚かな質問なのはわかった。テオはなんでも巧みにこなせる男性に違いない。彼は平凡な男性として有名になったわけじゃない。

いつもなら完璧な人を見るといらいらするけれど、このときばかりはテオの完璧さがありがたかった。

テオが黒いまつげにしずくをつけて、グレースに視線を向けた。「すごくね」謙遜せずに答える。

海水に身をひたした彼女は、全身に細かい震えが波のように走るのを感じた。

「そうだ、そのまま僕のそばにいるんだ」

「私――」海水が口に入ってきて、彼女は苦しそうに咳《せ》きこんだ。私ったらどうしちゃったの？　今にも溺れそうなのに、自分が魅力的に見えるかどうかを気にしてどうするの？

しかし、そんなことを気にする暇はなかった。テオはたしかに泳ぎが得意だったが、その彼でさえ、洞窟の狭くなりつつある入口から二人で出るのには苦労していた。グレースの腰にたくましい腕をまわして彼女を仰向けにしたあと、入口が海水でふさがる前に強く押す。

「目を開けてもいいよ」耳元で声がして、グレースはまばたきをし、頭上の青い空を見あげた。

振り向くと、彼女を助けてくれた人がいた。

「ありがとう」

感謝に輝くグレースの青い瞳を見て、テオの中で彼女を叱りつけたい衝動が薄らいだ。「君はパニックにならなかったな。よくやった」

「ああ、やさしくしないで。泣いちゃうから」

「とっくに泣いてたぞ」

「そんなわけないでしょう」彼女ははなをすすった。

「ここでおしゃべりしていたいところだが、流されて洞窟に戻される前に移動しよう」

洞窟の入口がすっかり海に沈んでいるのに気づいて、グレースはうなずいた。しかし、砂浜はずっと遠くに見えた。

「君はできることをすればいい。僕がついている」明らかにおびえている彼女を見て、テオが言った。

グレースはまたうなずき、顎に力を入れた。〝もう立てるぞ〟と彼に言われるまでには、ずいぶん時間がかかった。

「あなたはそうでしょうけど」彼女はつぶやき、砂底に足を伸ばすと、海面から顔を出しているために片足で飛びはねつづけた。

シルバーブロンドの髪を揺らし、息を切らして飛びはねながら軽口をたたくグレースに、テオはなんとも言えない気持ちになった。

大騒ぎをしてもおかしくないのに茶化そうとするとは。彼女はおびえたりしなかった。それどころか、とても勇敢だった。

グレースは両手をだらりと下ろし、おぼつかない足取りで砂浜に向かって歩いた。洞窟へ行く前よりも、砂浜の面積はかなり狭くなっていた。

海面が膝までになったとき、彼女はその場で大きく深呼吸をし、海水をたっぷり含んだ髪を震える両手で絞った。

振り向くと、テオがこちらを見つめていた。その視線から服が肌にぴったり張りついているのがわかって、体を腕で隠したい衝動に襲われた。けれどそうする代わりに彼の目をじっと見つめ返した。

ヴィクトリア朝時代の清らかな乙女ではないので、視線をそらしてとは言えなかった。テオには命を救われたばかりだし、ずぶ濡れの服は露出度が高いとはいえ、ビキニよりはましだった。それに、彼は欲望と闘っているように見えない。

それが私の問題なのでは？

テオに欲望を抱いてほしいという非常識な思いがこみあげてきて、グレースはよろめき、砂の上に倒れこんだ。

グレースが二、三歩歩いたあと、両手両足を広げて砂の上にうつ伏せに倒れたので、テオは一瞬、彼女が気を失ったかと思った。しかし、グレースは体をくるりと一回転させて砂にまみれた顔を上に向け、しなやかな手足を動かしはじめた。

「スノーエンジェルならぬサンドエンジェルよ！」

彼女は叫び、仰向けになったまま空に向かって笑い出した。

「君はどれだけ海水を飲んだんだ？」だが、テオ自身も愉快な気分になっていた。

グレースの喜びが伝染したらしい。

彼女が体を起こし、砂にまみれた膝を引きよせて座った。そして顔についた砂を払い落とした。

「自分の無事を祝っていたの」グレースは近くにいる途方もなく長身の男性を見あげた。きっと私はまだ滑稽に見えるに違いない。

ずぶ濡れの服からしずくがしたたっているのに、威厳があって息をのむほどすてきな男性などいないはずだが、テオは不可能を可能にしていた。この人は危険な堕天使と同じくらいセクシーだわ、と彼女は思った。

「自然な反応よ」

グレースは目を伏せ、軽く肩をすくめてから砂浜に置いていたシャツを取りあげた。その拍子に携帯電話が砂の上に落ちたので二、三歩歩いてそれを拾いあげ、胸にあてながらテオのほうに向き直った。

長くなる不快な沈黙を破り、激しい鼓動を忘れたくて、急いで言葉を口にした。

「電話をここに置いておいてよかったわ。持っていたらだめになっていたもの」

自分の声の小ささにはうろたえたけれど、テオが目を閉じたのを見てほっとした。

テオの経験では、明るい面がないときでも明るい面を見ようとする者は、頭が悪いか無神経かの二つに分かれた。

前者は許せる。だが後者は……。

グレースは頭が悪い女性ではない。だが無神経と思うどころか、彼は必死に笑うのをこらえていた。

「ああ、そうだな、君は先見の明がある。溺れそうになったときは、携帯を守ることがいちばん大事だ」

眉をひそめたあと、グレースが気を取り直して大きな青い瞳をテオに向けた。「あなたにとっては大したことじゃないんでしょうけど、あなたは私の命を救ってくれたわ」

「いや、大したことだよ」普段は大げさな感謝が大嫌いなのに、テオは言った。「〝あなたは私のヒーローよ〟と言ってもらえないのが残念だ」

「感謝はしているけれど、言いすぎはよくないわ」

グレースが唇をわずかに震わせながら言い、腕についた砂を払った。死に直面してこれ以上軽い態度を続けられなくなったのだろう、太陽が照りつけていても彼女の腕には鳥肌が立っていた。

「歩けそうか？」テオは心配しているのを隠したくて、ぶっきらぼうな声で尋ねた。

メロドラマに出てくる悲劇のヒロインだとテオに思われている気がしてならず、グレースは憮然《ぶぜん》として顎を上げた。

「もちろん歩けるわ」冷ややかに言い返し、証明しようと彼から一歩離れた。それでもテオの匂い立つ男らしさやうっとりする魅力を遮断することはできなかったけれど、少しは改善された。「別に私は――」〝抱きかかえて運んでもらう趣味はない〟なんて言っても、無能なばかだと思われるだけだ。グレースはさりげなく髪を耳にかけた。「あなたにはとても感謝しているの」

「だが、本当は感謝したくない？」

「すごく恥ずかしいことだもの！」テオの顔に浮かんだ嘲笑に憤りながら言った。「私らしくもないし。私は人に助けてもらう側じゃなく、人を安心させる側なのに」

いらだちのあまり言ってしまったあとには、張りつめた沈黙が流れた。

「それが僕の父――いや、サルヴァトーレに君がしたことなのか？」

両脇で握りしめていた拳をゆるめ、彼女はテオを見た。「安心させられていたらいいと思っているわ。

いいえ、できていたと思う」

「最期のとき、君はそばにいたのか？」質問はテオの意思に反して出てきたかのようだった。

「一人じゃなかったわ」グレースは静かに答えた。「息を引き取ったときはマルタと私がいたの」

テオは自分の気持ちを隠し、無言で立ちつくしていた。なにも感じまいとしても胸に走る生々しい痛みは抑えられなかった。いや、これは自分がこの土地を憎んでいるせいだ。父親が愛していたこの土地を。

「サルヴァトーレは本当に死んだんだな」

現実を突きつけられたというようなテオの言葉に、グレースは不本意ながらも共感がこみあげた。「私は死ななかったけど……あなたのおかげで」

彼がグレースを見もせずに下を向いた。「パラッツォへ帰ろう」

言葉は気丈でも、グレースはひどく弱って見える。立っているのもやっとなのではないだろうか。

僕は……僕は……。

なにをしたいのか突きとめる代わりに、テオは低い声で言った。「君にはお目付役が必要だな」

グレースは顎を上げた。「お目付役なんていらないわ。自分の身は自分で守れる。一度誰かの命を救ったら最後まで責任を持て、という言葉はあるけど、私には助けなんて必要ないの」

それだけは言っておきたかった。彼女にはすでに、あれこれ口を出すのが好きな家族がいたからだ。

テオがかすかに皮肉めいた笑みを浮かべた。「そういう表現が英語にはあるのか？」

「私の勘違いかも」グレースは肩をすくめた。

「つまり、今度は僕の命を救わなければならないと君は思っているのかな？」

テオの皮肉めいた笑みに茶目っけがまじった。そのときは見捨てるという思いをこめて、グレースは彼を見つめた。

「君はすてきな王子に助けられたがるような、小さな女の子とは違うだろう？」

彼女はあきれた顔をして、だぶだぶのシャツを着た。砂がついてしまうけれど、羽織っておけば真昼の日差しからは守られる。

「すてきですって？　自分を過大評価しているんじゃないかしら」しかし、本音ではテオをすてきだと思っていた。そこにはちゃんとした理由もあった。

この人はすてきというだけじゃない。グレースの視線が男らしい顔から引きしまった体へ下りた。泳ぐ彼女を支えながら洞窟から脱出したときのテオのたくましい筋肉の動きを思い出すと、体に震えが走った。

「僕が尊大かどうか、教えてくれる君がいてよかったよ」

グレースは鼻で笑った。なにがあってもテオが尊大な自分を変えるとは思えなかった。

「妹も私も、助けを必要としている人には力を貸してあげるよう言われてきたから」

なめらかな砂利が敷かれた道を歩き出したグレースの隣に、テオは並んだ。「君には妹がいるのか」さりげなく声をかける。

彼女がうなずいた。「妹と、兄が二人いるわ」

握りしめていた携帯電話が鳴り、グレースがびくりとした。画面に目をやり、唇を噛《か》みしめてからあわてて言う。「ごめんなさい、ちょっとメールを読んでいいかしら」

電話には三件のメッセージが届き、不在着信も山ほどあった。最初のメッセージを読んで、グレースは鼓動が速まるのを感じた。どうやらタブロイド紙が彼女の遺産相続について、真実と嘘《うそ》とみだらな憶測を織りまぜた記事を書いたようだった。

両親は、状況が状況なので来週に行われる妹の授賞式には来ないでほしいというメッセージを送ってきた。姉が出席したら妹が注目されないからと。

家族は私の存在を恥だと思っているのだ。でも、言い分は理解できる。

とはいえ気分はよくなかった。

二通目のメッセージには家族で話し合いを行った結果、悪評を払拭するために遺産は売り払い、受け取ったお金を慈善団体に寄付するべきだと決定したと書かれていた。つまり、タブロイド紙とは争うなということだ。

最後のメッセージには、この件はチャーリー〝おじさん〟に任せたから心配するなと書かれていた。

世間ではサー・チャールズ・タヴァナー勅撰《ちよくせん》弁護士として知られている彼なら、私に代わってなにもかも解決してくれるだろう。

すでに二つのニュースチャンネルがグレースの遺産相続の件を取りあげ、どこからかビキニ姿の彼女の写真をさがし出していた。それなら、今はほとぼりが冷めるまで動かないほうがいいかもしれない。

ああ、ビキニ姿……。その写真が私をふしだらな女だということにしたのね。

用心しなさいという追伸を読んだグレースは、緊張して後ろに目をやった。

テオはメッセージを読むグレースを見ていた。彼女の顔は濡れた髪で一部が隠れていた。

それでも肩の緊張と、携帯電話を持っていないほうの手の関節が白くなっていることから、いい内容でないのはわかった。

「なにか問題でも？」彼は尋ねた。

グレースはうめき声をあげそうになるのをこらえて答えた。「あなたが興味を持ちそうなことはなにも」でもタブロイド紙が私の評判をだいなしにしたら、違うかもしれない……。

それって……テオにとって有利なのでは？

いくら退屈な内容でも、自分の人生を調べられるのは気分がよくない。

「もし私の代理人だと名乗る弁護士から連絡があっても信じないで。私が頼んだわけじゃないから」

これまでめずらしく口を出さなかった両親は、タブロイド紙によって家名が傷つくと考えて態度を変えたらしい。

長年、グレースは本当に重要なとき以外は家族に逆らわず、おとなしく従ってきた。

けれど、今回は私にとって重要なときだ。

「そんな機会がありそうなのか？」

「ええ」彼女は険しい顔で答え、道に生えた野生のハーブに触れた手で飛んでいた蜂を追い払った。

「連絡してくるのは弁護士じゃないのか？」

目を見開き、グレースは苦々しげに言った。「報酬がすごく高額な弁護士ではあるけど、私が雇った弁護士じゃないの。両親の親友で私の名づけ親でもある彼は、間違いなくあなたが気に入る提案をするはず。でも、私の意見の代弁者じゃないわ」

「君は、僕が気に入らない意見の持ち主なのか？」

「ええ、そうよ。私、ここを売る気はないわ」

グレースは横目でテオを見たが、彼はなんの反応もしていなかった。

あの表情は――。

彼の胸の内を読み取れず、グレースは顔をしかめた。

6

「君は家族と仲が悪いのか？　それなら、そろそろ損切りしたほうがいいぞ」

テオの言葉に、グレースは次の家族会議でなにを話そうか考えていたことも忘れて彼を見つめた。

「損切り？　これは金銭の問題じゃない。家族の話だわ！」

「だから百万倍も厄介なんだ」テオが肩をすくめた。

「ときどき厄介になるだけで家族を切り捨てられないわ。意見は違っていても家族だもの、私は愛しているわ」彼女は歯を食いしばって訴えた。

　彼の整ったいかめしく冷徹な顔からは、聞いた言葉を理解していないのがわかった。

「油断していると、家族はあれこれ指図して私を息苦しくするの。美しくて才能があるあの人たちは私とは全然違う。あなたの同類よ」グレースはつけ加え、テオの完璧な顔に批判的な視線を送った。理解されるわけがないのに、なぜ言ってしまったの？

「それは褒め言葉じゃないな」テオは言った。

　二人は話しながら歩いていた。大邸宅《パラッツオ》にあるテラスの一つに着いたとき、彼はグレースが足を引きずっているのに気づいた。

「君を不幸にし、嘘《うそ》をついて操ろうとする人たちと接点を持ちつづけるのは自殺行為じゃないか？」

「サルヴァトーレがあなたを操ったなんて信じられないわ！」彼女が叫んだ。

　テオは硬い表情で動きをとめた。「今は僕の家族の話をしているんじゃない。君の家族の話だ」

　グレースが形のいい眉を皮肉たっぷりに上げ、テオは奥歯を噛《か》みしめた。だが怒りがつのったのは、彼女の青い瞳に同情が浮かんでいたせいだった。

「もしかしたら」グレースは静かに言った。「私たちは話をしないほうがいいのかも」向きを変え、とぼとぼと歩きはじめた。違う、彼女は足を引きずっているのだ。テオは目を細くして訂正した。

しばらく観察してからため息をつく。グレースを追い越すには数秒かかった。「また足を怪我《けが》したのか?」テオはきつい口調で問いかけた。

グレースは顔をこわばらせ、テオの横を通り過ぎようとした。しかし、彼にまた追い越された。

歯を食いしばって、彼女は立ちどまった。もう一度同じことをしたかったけれど、テオはどかしたり迂回《うかい》したりできる相手ではなかった。

「いいえ、痛いのはひねってないほうの足よ」問題を起こしてばかりの愚か者に思われるのは承知していた。「どうってことないわ。サンダルに砂が入って痛いだけだから」ずきずきする足を持ちあげた。

テオがもう一度ため息をついて、いらだったようなうんざりしたような顔をした。「それなら、砂を除けば解決しそうだな」

幼稚にも、彼女は逆らいたくなった。しかし彼の言葉は命令に近いとはいえ、常識的だった。

「あなたは行って」オレンジ色の花をつけた高山植物を押しつぶさないように気をつけながら、大きくてすべすべした岩の上に腰を下ろす。「あとから追いかけるわ」

けれど、グレースが脚を曲げてサンダルのバックルをゆるめようとしたとき、テオが彼女の前にしゃがみこんだ。彼の顔が自分の顔と同じ高さになって、はっとする。

伏し目がちにテオを見て不思議に思った。有無を言わせない態度がこんなに優美な人がいる?

グレースはテオのその態度とじれた表情に耐えられなくなり、しぶしぶ足を前へ出した。

テオがサンダルの踵《かかと》を持ち、華奢《きゃしゃ》な足から脱がせる間、グレースは浅い呼吸をしながらじっとしていた。サンダルを置いたテオが、彼女の足を左右に軽く動かし、湿った砂と乾いた砂がついた足の裏の一部が赤くなっているのを確認する。

グレースがわざとサンダルに砂を入れたと考えているから舌打ちしたと思ったのに、水ぶくれから砂を払うテオの手はやさしく本物の医師のようだった。

砂をきれいにしても、テオは手を離さなかった。彼の長い指がまるで記憶に焼きつけるかのように足をなぞる間、グレースは不思議なくらい現実離れした、夢の中にいるに等しい感覚を味わっていた。

グレースの息づかいは短く、浅く、とぎれがちだった。テオの顔は見られなかったので、頭を見つめる。すでに彼のつややかな黒髪は乾きはじめていたが、そこに手を差し入れれば湿った頭皮に触れられたに違いない。

グレースにそんなことをするつもりはなかった。けれど、別の意思を持っているように彼女の手がテオに向かっていったとき、彼が突然足を下ろし、サンダルを渡した。

呪縛から解き放たれたみたいに、グレースの呼吸がふたたび楽になって顔が赤くなった。テオの手に触れないよう注意してサンダルを奪い取る。

「部屋に絆創膏《ばんそうこう》があるの……あれを貼れば水ぶくれはすぐ治るわ」とにかく口を動かし、足をサンダルに戻した。それから助けを求めていると思われないために、明るすぎる声でつけ加えた。「貼るのは苦手だけど……」

彼女は足元に向かって言っただけで、そばにいる男性に向かって言ったわけではなかった。

差し伸べられた手は見なかったことにして、自力で腰を上げようとする。テオはすぐに手を引っこめて立ちあがり、彼女を見つめていた。

なんて頑固で、意固地な女性だ。

「僕が君を抱きかかえて運ぶと思っているわけじゃないよな?」テオは言った。

目を細くし、湿った服が張りついたグレースの細くしなやかな曲線美をなぞった。すると、腕の中にいた彼女がどれだけ温かくやわらかかったかを思い出してしまった。

頭の中には小さな足についた砂だけでなく、グレースの全身――なめらかでしなやかな背中や脚の間についた砂も除いている自分の姿が浮かんでいた。

テオは手を引っこめて立ちあがった。熱くなった体を冷ましてくれる水がどこにもないことはわかっていた。

「自分でなんとかできると思うわ」グレースは感情のこもらない口調でテオの左の肩に向かって言った。

しかしどういうわけか、彼と目が合った。

相手の瞳に浮かぶ表情と熱い欲望に、彼女の下腹部は激しく震えた。

二人を発見したのはマルタがさがしに行かせた人々ではなく、マルタ自身だった。家政婦はテオから洞窟での出来事を聞いてぞっとした。

グレースは無言で二人のやりとりを聞きながらテオをきつくにらみつけた。彼は自分の英雄ぶりを誇張しなかったかもしれないが、私の役立たずぶりと愚かさは誇張していた。

青ざめた顔の年配の女性に腕を取られ、グレースは罪悪感に襲われた。「ああ、あなたはすごく――私が――」

「私は大丈夫」グレースはそう言い張ったけれど、

そこにいた四人の使用人の誰一人として信じたようすはなかった。

まったくもう。

厨房《ちゅうぼう》や洗濯室に通じる両開きの扉を抜けて、まるでガラス細工を扱うようにグレースがやさしくパラッツォ内へ運ばれるころには、テオの姿は消えていた。

そのことに気づいた彼女は憤慨した。

テオは好奇心から電話をかけたのだと自分に言い聞かせた。相手の男は都会的で機知に富み、温かみがあった。おそらく本題に入る前に、蜂蜜のような口調でテオの警戒を解きたかったのだろう。

「かわいいお嬢さんだよ、グレースは。彼女は私のお気に入りの名づけ子なんだが、頑固だから扱い方を知っておく必要があって――」

なぜだかわからないが、テオは打ち解けた話をさえぎった。「やめてください」

「なんだって？」

「やめてくださいと言ったんです。グレースはあなたを代理人に指名したんですか？　彼女の利益を考えて話しているのですか？」

「いや、違う。だが、彼女の家族から……大事なのは私たちの目的が同じだということで……もし協力すれば……」

相手の共犯者めいた口調が腹立たしくて、テオは態度を硬化させた。「だから、やめてください。サー・チャールズ、私にはあなたのやり方が弁護士らしいとは思えません」

電話の向こうで憤慨したような息づかいが聞こえたが、テオは相手の言葉に以前にはなかった警戒心がにじんでいるのに気づいた。

「私たちは……彼女の家族で……私はグレースのためを考えているんだ」

「あなたが有利になるようにね」テオは言った。

「私はグレースについてよく知りません。しかしこれまで見てきた限りでは、自分の利益を守るために誰かを必要とする女性には見えなかった。グレースは非常に有能な女性です」

事故にあいやすく、怪我ばかりして腹立たしい女性だが。テオは心の中でつけ加えた。

「まあ、もちろんそうだとも。しかし――」

「すみませんが、ほかにも連絡するところがありますので。用があったらいつでも秘書に電話をくださ い」

通話を終えてすぐに電話がまた鳴った。かけてきたのは彼の秘書だった。

「あなたは怒ってどなるでしょうが――」

「どなりはしない」

「静かな声でどなってますよ」彼女が言い返した。

「ローレン」

「わかりました。あの、すみません。スケジュールを白紙にするよう言われてそうしていたんです。でも、一つお伝えしたいことがあって。なにか事情があってのことでしょうが、ここ数回、あなたは勝負をキャンセルしていて――」

「レナードか。くそっ！」

ナイトの称号を拒否したレナード・モリスは伝説の男だ。テオは若いころ、大それたアイデアを披露しようとレナードのオフィスに潜りこんだことがあった。しかしレナードは警備員を呼んで、彼を追い払わせた。

翌日も現れたテオに、レナードは仕事もアドバイスもくれなかったが、彼を追い出しもしなかった。そしてチェスで勝負しようと持ちかけた。勝負はレナードが勝ち、テオは相手から学んだ。

対戦中や対戦後の分析からは、一流の大学へ通うよりも多くのことを教わった。

以来、二人の対戦は隔月の恒例行事となった。かつてレナードはテオのために時間を作ってくれた。だからレナードが引退したあとは、テオが彼のために時間を作っていた。

それは慈善行為ではなかった。老いても洞察力があって魅力的なレナードのような男になりたいと思っていたからだ。

「今回はキャンセルしなくていい」これはイギリスへ戻ってタブロイド紙に情報をもらしたのはやりすぎだと、ロロに直接伝えるチャンスだ。

私立探偵から提出された新しい報告書を、テオはまだ見ていなかった。見るのを避けている理由を深く考えようともしなかった。「人生にはまだ驚きがある、と考えたいのかもな」テオは鮮やかな青い瞳を思い浮かべながらつぶやいた。

テオが蔵書室に現れた。「準備はいいか?」

グレースは手に取っていた本を置いた。背中の痛みが頭痛とともにぶり返した。「あなたはパラッツォを出ていったんだと思っていたわ」

テオはなんの説明もしない。

彼女はテオの長身を爪先から頭のてっぺんまで眺めた。彼はスーツ姿ではなかった。カーキ色の水着をはいて半袖の黒いTシャツを着ている。

グレースはほほえみで体の反応を打ち消した。目の保養になる、と自分に言い聞かせた直後、内心ぞっとする。そんなことを思ったのは彼の存在に頭が混乱しているせいなのかもしれない。

この男性にはギリシア神話の神に等しい体以外にもさまざまな魅力がある。

「戻ってきたんだ。僕がいなくて寂しかったか?」

〝いないことに気づいてもいなかったわ〟と言いたかったけれど、彼女は基本的に正直な人間だった。

「静かで平和に過ごせたわ。準備ってなんの?」目を合わせずにグレースはきいた。

テオが完璧な歯を見せて、まばゆい笑みを浮かべた。「馬に乗る準備だ」

「乗らないわ」

「洞窟」

そのときの光景が頭に浮かび、彼女は緊張した。

「それがどうしたの？」

「君はおびえていた。恥ずかしいことじゃないが」

グレースは顎を上げ、ほほえむ彼を見てさらに少し上げた。「おびえてなんかいなかったわ」

「僕は体をほぐすために泳ぎに行くつもりだったんだ。最後に泳いだのは……」

テオの顔に表情はなく、言葉も事実を伝えているだけだったが、口調は蜂蜜のように甘くて、グレースの肌がはっきりざわめいた。

彼がなにも言わずに姿を消したとき、私は憤慨しながらもほっとした。やっぱり傲慢な人だと思って。

テオがいつ戻ってくるかわからないせいで私は悩んでいたのであって、彼がいないせいで悩んでいたわけじゃない。テオを警戒する気持ちは完全に消えてはいない。彼がいなくて寂しいと思うのは、背中の痛みがなくなって寂しいと思うのと同じだ。

でもテオがいなくて、つまらないと思っていなかった？

グレースはその考えを追い払った。静かな生活は好きだったし、彼がいない間はとても平和で、一日じゅういらいらすることはなかった。

でも退屈だったでしょう？

彼女は頭の中の声を無視した。「泳ぐのを楽しんできてね」本音を隠した笑顔を向ける。

「あれから海には行ったのか？」

「ビーチには何度か行ったわ」

「自分の中にある恐怖と向き合わないと」

「あなたからのアドバイスはいらない。頭を診てほしいなら精神科医の兄に頼むわ」

「興味深い家族だな……」

ロロが言ったとおり、報告書はとても興味深かった。テオに舌打ちされても、探偵のあふれんばかりの自信にはなんの影響もなかったらしい。

すぐには気づかなかったが、テオはグレースの妹ホープに会ったことがあった。そのときの彼女は行動的な半面、自分の才能について不安を抱いていた。

今にして思えば、もっとグレースの妹に同情することもできた。だが当時のテオは、人の話に割りこみ、相手の社会的地位をことごとく無視する彼女にいらだちを感じていた。

グレースのように美しいだけでなく、自然体で、ほかの誰とも違う魅力とまねすることのできない頭のよさを持つ姉がいるのは、どんな女性にとっても大変に違いない。

「すてきな家族よ」明らかに自分の魅力に気づいていないグレースが、いらだたしげに言った。

「ほら、君も行こう。洞窟を探検すれば、君の頭の中にあるような怖い場所ではないとわかる。今は干潮だから安全だ。歩いて入って、歩いて出ることができる」

「私をだまそうとしているの？　どうしてそんなに親切なの？」

「親切じゃない」

テオは昨日のチェスを思い出した。彼が〝負けた理由がわからない〟と悔しそうに言うと、レナードは〝本当に知りたいのか？〟と尋ねた。

考えてから、テオはうなずいた。〝どんな真実でも聞かせてほしい〟

レナードが言った。〝君はなにが正しいか確かめる前に判断してしまう。その融通のきかなさが君を弱くし、チャンスを奪っているんだ〟

ときどきテオは、老人がこちらの頭の中を見通しているのではないかと思うことがあった。

自分を変えるつもりはなかったが、グレースに偏見を持つつもりもなかった。ただ彼女を知りたいと思っていた。

「深いところには行かないわよね?」彼女が尋ねた。

テオは明るい気持ちになって肩をすくめた。「僕にも怖いものはある。そういうものは向き合って笑い飛ばすほうがいいんだ」

三十分後、グレースはビーチにいた。気温は二十三度あったが、体は震えていた。なぜ来たのかしら? きっといい考えだと思ったに違いない。

テオが上半身裸になり、平らな腹部とブロンズ色の胸をあらわにした。彼女は気晴らしができてうれしかった。

「最初の一歩がいつでもいちばんむずかしいんだ」

「私、怖くなんかないわ」

「わかっているよ」

気づくと、グレースはテオの手を握りしめていた。

足首を洗う波は無害で温かい。しかし波が足首の上に触れると、びくりとした。

「すてきな水着だね」

黒の水着はハイレグで胸元も背中も大きくくれていたけれど、彼女は脱げてしまう心配はしていなかった。もし心配していたら、彼の発言にひどく不安になっていたはずだ。でも、恐怖心はまぎらせることができたかもしれない。

「よくやっているよ」

グレースはほほえみ、足元を見るのをやめた。

「ええ……本当にね!」大きくうなずいたとき、テオと目が合って小さな声で言う。「ありがとう」

彼に下心があったとしても気にならなかった。いろいろ親切にしてもらっていたし、グレースはいつまでも恨みを抱く人間ではなかった。

洞窟に入っていくと、彼女はテオの手を放した。「すごくきれい」息をついて、声が響く洞窟内をぐるりと見まわした。頭の中の悪いイメージが力を失っていく。「ここでは小声で話したほうがよさそうね。教会にいるみたいに」

「じゃあ、怖くはないんだな？」洞窟を感嘆の目で眺めているグレースに、テオは尋ねた。彼女の頭の動きに合わせてシルバーブロンドの髪が揺れている。グレースの目を通してこの場所を見た彼は、ずいぶん年月がたったのを実感した。そして、昔の自分にとってどういうところだったかを思い出した。

「ええ。きれいで……すばらしいわ」彼女が深呼吸をして、明るくほほえんだ。「あなたには二度、助けてもらったわね」

温かな笑顔と素直な感謝の気持ちを向けられ、テオは息をのんだ。

洞窟を眺めていたグレースが眉間に少ししわを寄せて、自分のいる位置を確認しはじめた。潮が満ちて閉じこめられそうになった恐ろしい記憶を思い出しているのだろう。

「私はあそこに座っていたのよね？」彼女の目が避難していた岩棚をとらえた。「潮が満ちるのがすごく速くて……」恐る恐る入口の岩のアーチに目をやって立ちどまった。

「僕たちは安全だ」

グレースはうなずき、本能的にテオのそばに戻った。「今はすべてが違って見えるわ」そして、あのときはまったく違う結果になっていたかもしれないことに気づいた。「あなたが立ち去らず、ここに来てくれて本当によかった」

テオの表情が凍りついた。「君は僕をそういう人間だと思っているのか？　君を見捨てて立ち去るような人間だと」

相手を怒らせたのに気づきながらも、グレースは冷静に続けた。「私はあなたを判断できるほどよく知らない。だからどういう人かわからない。でもあなたがいなかったら、私が今ここにいないのは確かだわ。私が言いたいのはそれだけ。そんなに無神経とは思わないわ」

彼の顔のこわばりが少しやわらいだ。

「ここは僕が子供のころの遊び場だったんだ」テオが手を振って、頭上にある信じられないほどの輝きを放っている天井を示した。「潮が満ちるのに気づかなかったのは君が初めてじゃない。八〇年代にもかろうじて助かったカメラクルーがいたらしい。だが高額な機器は失ったという話だ。自然は人に順応しない。人が自然に順応しなければならないんだ」

グレースはうなずき、テオを見つめた。これが本当の彼なのかしら？　彼女は目をそらした。そう思うのは危険だ。見たいものを見るということは、そこにないものを見るということだから。

「あのときの私はばかだった。不注意だったわ」

しかしテオには外見のよさ以上のものがある、自分には特別な洞察力がある、と信じるのはもっとばかだ。女は昔から悪い男性にもいいところがあって、自分なら更生させられると考えがちだけれど。

「そんなに責めなくていい」テオが言った。

いいアドバイスだわ、とグレースは思った。「責めてはいないわ」足元に波が打ち寄せていて、彼女は震えた。「戻ったほうがいいんじゃないかしら？」

「僕といれば安全だよ」

おかしなことに、グレースはその言葉を信じていた。テオのおかげで安心していられた。それでも彼が出会った中でいちばん危険な男性なのに変わりはなかった。テオという男性がそうであるように、彼女の気持ちも矛盾していた。

二人は黙ってビーチに戻った。彼はグレースをからかったりせず、もの思いにふけっているようだった。

砂浜で、彼女はふたたび不安がよみがえるのを感じた。テオがじろじろ見ていないのに、水着姿の自分を急に意識して特大のサングラスを直す。隠れられる場所があればなおよかったけれど、なにもないよりはましに思えた。

「僕たちは話をするべきだ」彼が口を開いた。

グレースは緊張した。「どんな話をするの？」

「僕たちの状況についてだ。消耗戦をしていてもしかたないのは君もわかるだろう」

彼女は警戒しつつテオを見つめ、一つに結んだシルバーブロンドの髪に手をやった。「そうかしら」

「双方が折り合える中間地点があるはずだ」考えるより先にテオは切り出した。

グレースがとまどっているのは無理もない。彼は自分でもなにを言いたいのかわかっていなかった。だが、妥協は弱さと同じだった。

僕は妥協しようとしているのか？

僕は軟弱者になったのだろうか？　それとも、サングラスの奥にある青い瞳に魅了されているのか？　それとも、単なる勘違いか？

テオは自分に腹をたてた。これは複雑な問題などではない。僕はただセックスがしたいのだ。グレース・スチュワートを求めるようにほかの女性を求めたことはない。つまり、相手はグレース以外考えられない。そのことは自宅へ帰る途中、空港で元恋人にばったり会い、ベッドをともにしないかと誘われたときに思い知らされた。

「昔はここを愛していた」テオは言い、目の前の風景に視線をやった。脳裏には楽しかった思い出がよみがえっていた。

ひょっとしたら僕はグレースの目――つまり薔薇《ばら》色の眼鏡を通して、この場所を見ているのかもしれない。

グレースとここを共有することができるかどうかはわからないが、ベッドをともにしたいとは思っている。正気を保つためにも必ずそうするつもりだ。二人の間の情熱の高まりは目に見えるほどになっている。彼女は認めたくないようだが。

「いつから変わったの？」

彼女の顔を見つめ、緊張した空気が一分も続いたあと、テオは肩をすくめて唐突に答えた。「母が亡くなってからだ」

青い瞳に同情が浮かんだ。「そのとき、あなたはいくつだったの？」

「十三歳だった」

グレースは深呼吸をし、テオと話をしようと決心した。食事をしながらだったら、二人のこの状況も打破できるかもしれない。それに、今の私は彼のほほえみに対して免疫ができている――たぶん。「あなたが言った、私たちが折り合える中間地点をさがしましょうか」

テオの目の輝きに彼女は胃が引っくり返りそうになった。だがしばらくしてその輝きは消え、彼がうなずいて歩き出した。「じゃあ、夕食のときに」

これはなにかの罠《わな》なの？　もしそうなら、私は見事に引っかかってしまった。この先に進むより、火星を歩くほうが安全に感じる。

夕食をとって話をするだけよ、と頭の中で声がした。

現実主義者であるグレースはその声に従うことにした。

7

グレースは身長百六十センチで、機会があればいつもハイヒールをはいていた。

しかし足首の具合はよくなったとはいえ、ハイヒールがはけるほどではなかった。そびえるように背の高い男性と食事をともにするときに、その選択肢を奪われたのは心底悔しかった。

まったくの偶然だけれど、選んだのはいちばんセクシーなドレスだった。シルクのような青緑色のミニのシフトドレスはウエストに少しギャザーが寄せられ、サッシュがついている。彼女は自分の姿を見ずに、うわの空でサッシュを結んだ。

服装や外見に関しては無駄な希望を抱くのではなく、現実を受けとめていた。願ったところで身長が伸びるわけでも、細すぎる髪が雨に濡《ぬ》れて縮れなくなるわけでもない。

ブローしたばかりの髪を後ろに払うと、肩から華《きゃ》奢《しゃ》な背中にかけてつややかな髪が川のようにまっすぐに流れ落ちた。姿見に映った自分を見つめるグレースの顔には、ほのかに反抗の色が浮かんでいた。

この服はテオのために着ているんじゃないわ、と彼女は自分に強く言い聞かせた。「私は自分のためにおしゃれしているんだし、これはデートじゃない」そうつぶやきながら部屋を歩きまわる。

デートならデートでもいいのかもしれない。デートはあまり得意ではない。たぶん、男性の気持ちや場の空気を読めないのが原因だったのだろう。ジョージのためにおしゃれをしたときは、彼が自分に惹《ひ》かれていると思ったけれど、結果はどうなった？

グレースは続きを思い出すのはやめ、見ばえをよくすれば自信につながり、気分をよくできると自分に言い聞かせた。彼女は自身の姿を確認し、ドレスを整えて満足した。

服にこだわりはないけれど、このドレスを着るといつも気分がよかった。ヒップの形がよく、脚が長く見えたからだ。

ハイヒールをはいたほうがもっといいに決まっているけれど、そんな選択肢はない。そこでグレースは足首にやさしくて美しいバックベルトがついた靴をはいた。

最後にもう一度、姿見で確認して、シルバーブロンドの髪を振ってみた。

どうして胃がきりきり痛むの、グレース？　なぜテオと夕食をともにするの？

彼に誘われたからだわ。

それ自体が不思議だった。テオがそんなことをするとは思ってもみなかった。背が高く黒髪の彼の姿が頭をよぎると、下腹部のざわめきが強くなった。

テオは私の命を救ってくれた人だから、彼と食事をしないのは礼儀に反する。それに今日の彼はあまり敵対的にも、危険にも見えなかった。

その言葉が頭に浮かんだとたん、グレースは身震いした。もしこの膠着《こうちゃく》状態を打破する方法があるのなら、試してみない手はない。

正直に言えば、もしテオに抱いているのが反感のみなら、それほど問題はなかった。しかし、現実は違っていた。

テオの男らしさと強烈なオーラになにも感じていないふりをしてもしかたない。彼に視線を向けられると愛撫《あいぶ》されているように感じる。そしてあの官能的な唇は……。

グレースは息を吸い、よくない方向に進んでいる考えを断ち切った。これ以上はやめておこう。今夜はただ二人で食事をするだけよ。

ちらりと視線を下へやって、眉間にしわを寄せる。ひょっとしてこのドレスはやりすぎだった？

グレースはその疑問を否定した。なにを着るかは問題じゃない。テオの明らかに変わった態度には気をつけなくては。彼の動機にはまだ大きな疑問符がついている。それなら確かめる方法は一つしかない。

早くから行って待ちきれなかったと思われたくなかったので、彼女はサルヴァトーレの書斎の前を通ってダイニングルームまで遠まわりをすることにした。

書斎のドアは開いていた。

壁にかかっている肖像画の目は、部屋に入ってデスクの前へ行くグレースを追っているように見えた。サルヴァトーレが座っていた椅子に手を置いた彼女は、雇い主が亡くなったあとも片づいていない書類がまだ残っていることに深い悲しみを感じた。

マルタがサルヴァトーレの書類を調べようと言ったとき、グレースは渋った。差し出がましいまねに思えたからだ。それでも家政婦がそう言った理由は理解できた。私がしなければ誰がするの？

まあ、テオならするかもしれない。それが今夜、彼にぶつけたい質問の一つだった。

肖像画に背を向け、グレースは椅子に座ってデスクに肘をついた。向かいにある壁の時計に目をやった拍子に、片方の肘が磨きあげられたデスクの表面をすべり、彼女が整理するつもりだった書類の束が床に落ちた。

グレースは小さく悪態をつき、椅子を後ろへ押しやった。そして片方の手で下ろしていた髪を顔から払い、書類を集めてデスクに戻した。

最後に拾いあげたのは薄い革表紙の日記だった。すると、しおりとして使われていたと思われる紙切れがひらひらと舞い落ちた。手に取ってみると紙切れに見えたものは、かなり年月がたって色あせた写真だった。

ふたたび椅子に腰を下ろして、グレースは写真を眺めた。

この写真が撮られたとき、テオは何歳だったのかしら？　八歳か九歳くらい？　シャツとネクタイで正装した彼の幼い顔は輝きを放っているみたいで、カメラに向かって手を振る女性の手を握っていた。テオはカメラのほうを見ず、その女性を――自分の母親を見あげていた。

少年時代のテオの子供らしい表情に、グレースの胸はいっぱいになった。幼くして母親を失った子供の人生がどれほど空虚なものになってしまうのか、想像さえできなかった。

不公平すぎると思って、彼女は深いため息をついた。自分の両親に対しては不満もあったけれど、親が二人そろっていることがどれほど幸運なのかは承知していた。

写真を戻そうと日記を手に取ったとき、サルヴァトーレの筆跡だとわかる字がびっしりと書かれたページが開いた。

ある一文が目に飛びこんできて、グレースは動きをとめた。

〝私は正しいことをしたのだろうか？〟

彼女は日記を閉じた。サルヴァトーレが私的な文章を書くときに英語を使っていたことは、書類を整理していて知っていた。

グレースは装飾が施された革表紙に指をかけ、パンドラの箱を開けるような気持ちでもう一度日記を開いた。

一語か二語――いいえ、一つ文章を読むだけ。

彼女は後ろめたさを無視して、開いたページに目をやった。

三十分後にページをめくったとき、そこは真っ白だった。ぱらぱらと先を見ても同じだった。

グレースは最初のページに戻り、自分の涙の跡を見つめた。写真にちらりと視線を向けて、それを日記に挟む。

サルヴァトーレの息子への愛情は、もろく傷つきやすい心を持っていた妻への愛情と同様、ページからあふれんばかりだった。サルヴァトーレが自らを苦しめる選択をしたのは明らかだ。彼は正しかったのかしら？　十数年たったあとで、私になにが言える？　けれど、もし彼が真実から息子を守ろうとしなかったら、今とはまったく違った状況になっていたかもしれない。

「なにをしている？」

過去の悲劇に夢中になるあまり、グレースは場所と時間の感覚を失っていた。罪の意識を感じながら、彼女は現れた人物に顔を向けた。

一瞬、テオの視線が壁の肖像画にそそがれ、グレースはその目に痛みが走るのを垣間見た。しかし、それは即座に消えた。

グレースはとっさに日記を背中に隠した。

「なんだ？」テオが暗く危険な、ひどく疑わしげな表情で尋ねた。豹《ひょう》のような足取りで部屋に入ってくる。

彼女はテオに同情を覚えていた。その感情の底には合理的とは言えないなにかがうもれていた。ひょっとしたら、単に女性として彼の男らしさに反応していたのかもしれない。

こわばった唇に笑みをなんとか浮かべて立ちあがり、グレースはさりげなくデスクの書類を整理するふりをして日記を隠した。

しかし近づいてくるテオの目はあざけりに満ちていて、彼女の心は沈んだ。こんな不器用なやり方では、避けられない事態を先延ばしにできない。

テオの褐色の指が革表紙の日記にまっすぐ向かい、書類の下から取り出した。

その親指が金箔《きんぱく》が張られた小口をはじいた。「これは?」

「日記よ」グレースは答えた。

「日記?」テオが繰り返した。彼の視線がグレースの青ざめた顔にそそがれ、緊張が少しゆるむ。「君のか?」

彼女が首を横に振った瞬間、日記を返そうとしていたテオの手がとまった。「あなたのお父さまのよ」

「僕に読ませたくないと思うどんな罪深いことが書いてあるんだ、かわいい人《カーラ》? サルヴァトーレは君についてどう書いていた?」テオは自己を卑下する気持ちがつのるのを感じながら尋ねた。

青いシルクのドレスの下にあるものに興味があったせいで、警戒を解いていた。大きな青い瞳としなやかで魅惑的な曲線美の持ち主が、家族と伝統をなによりも重んじていたサルヴァトーレに遺産を譲らせた女性であることを忘れていたのだ。

それは相当な所業で、見過ごすわけにはいかない。セックスで盲目になる男もいるが、僕は違う。

グレースが目を閉じてため息をついた。「書いてあるのは私のことじゃない。もっと古い時代の日記だもの。テオ、あなたは読むべきじゃないと思う」

「わかっている」彼は意地悪そうに言った。

こうなるのはわかっていたというように、彼女がまた大きなため息をついた。涙がにじむ慈愛に満ちた大きな目でテオを見つめ、芝生に面した大きなフレンチドアを顎で示した。「外で待っているわ。すぐそこで」

テオはなにも言わず、グレースに冷ややかな侮蔑のまなざしを向けただけだった。手はすでに父親の椅子にかかっていた。

8

　暖かな夜だったけれど、遠くでかすかに光る海を見つめながらグレースは震えていた。

　緊張のあまり、じっとしていられなかった。わずかな物音にも反応し、星空邸の名前の由来となった星空を背景にライトアップされた大邸宅《パラッツォ》を何度となく振り返る。

　部屋の中から大きな音がして、彼女は飛びあがりそうになった。衝動的に一歩を踏み出したものの、躊躇《ちゅうちょ》した。テオはおそらく私に〝出ていけ〟と言うのでは？　そのときの言葉は礼儀正しくないだろうと思って、残念そうな笑みを浮かべた。

　でも、テオは人生が一変する決断をしようとしているのだから、そんなときに一人でいるのはよくない。たとえそれがテオのように他人を寄せつけない人でもだ。彼の名前を検索エンジンに入力したときに出てきた女性の数を考えれば、奇妙な表現かもしれないけれど。

　私は固く守られてきた秘密を知ってしまった——父と息子の間に亀裂を生じさせた原因、悲劇の物語を。

　日記を読んで、パラッツォで真実を知っているのは自分だけではないのがわかった。しかし、彼らはサルヴァトーレに沈黙を誓うよう命じられていた。彼の死後、誰もなにも口にしなかったのは当主に対する忠誠と尊敬の表れだった。

　彼らはサルヴァトーレの秘密を守ってきたのだ。真実を隠そうと決めた彼の苦しみはページからあふれていた。グレースは日記につづられた文章を忘れられそうになかった。

テオは傷ついている。息子の目には憎しみがあった。私は自己弁護をしようと口を開き、息子の母親をだましていないと言おうとしたが、そうすればどうなるかに気づいた。それなら母親よりも私が嫌われたほうがいい。生きている間に彼女を守ることはできなかったが、死んだあとはできる。子供には親も人間で、弱点があることを理解できないのだ。

彼女の心の中になにがあったのか、私が気づいていれば……。

遺書が見つかる危険は冒せないから燃やしてしまおう。マルタには決してそのことに触れないよう頼んである。彼女なら言わないはずだ。

父親も息子も傷ついていると思うと、グレースは胸が張り裂けそうになった。

サルヴァトーレは妻の思い出と幼い息子への愛情を守ろうとして嘘《うそ》をついた。母親が命を絶って心に傷を負った幼いテオは、自分なりにその理由を考え出したのだろう。

〝彼女はただ、不倫をした恥ずかしさに耐えられなかったのだ〟

母親が不倫という恥辱を背負っていたとは、テオは思いもよらなかったはずだ。

日記には、結婚した恋人の葬儀に行けなかったせいで情緒不安定な母親は深い憂鬱にとらわれ、そこから抜け出せなかったと書かれていた。

サルヴァトーレは幼い息子に向かって真実を話すこともできただろう。だがそうする代わりに、罪という重荷を引き受けたのだ。

テオが父親の日記を読み、自分が信じてきた事実が事実でなかったと知ってどんな気持ちになるのかは想像もできなかった。強い意志を持つ人間なら

──いいえ、どんな人間でも根なし草になったような気持ちになるに決まっている。

きれいに刈り込まれた芝生に跡を残しながら、グレースはさらに歩きまわった。そのとき、フレンチドアが開いた。テオは両開きの扉に手をかけ、カーテンを背に白い光の中にしばらく立っていた。

そして彼がグレースのほうを見て……動き出した。最初は通り過ぎそうに見えたが、最後の瞬間に立ちどまって彼女のほうを向いた。

いつもはいきいきとした輝きを放っているテオの顔は灰色になり、緊張が刻まれていた。グレースは、彼が関係のない誰かを──客観的な相手を必要としているのがわかった。悲しいことに、彼女はまったく客観的でいられなかった。彼を思って心には痛みが生まれていた。

「君は知っていたのか？」低いうなり声をあげ、テオが一歩後ろに下がった。

グレースは、彼がジャケットを脱いでいるのに気づいた。黒髪は何度も指を通したのか乱れ、シャツのボタンはいくつかはずされて筋肉質の胸がのぞいていた。

「いいえ、お父さまが書いたものを読んだのはさっきよ。でも、テオ……」星空を眺めていた彼がこちらを向いた。「お父さまがどれだけあなたを愛していたかは知っていたわ」

突然、テオが拳にした両手でこめかみを押さえ、ガラスが割れるような声で笑った。「そうか、それならいいんだ。すまない……」その顎に力がこもる。

「いいの」グレースは必死に客観的な声を出した。彼の怒りの下には痛みが隠れていた。

「信じられないよ。この十何年、なぜサルヴァトーレはそんなことを続けていた？　僕は子供のころ、あの書斎で彼に嫌いだと言ったんだ。だが、彼はひと言も弁解しなかった。それはどうしてだったんだ?」

テオがうなり声をあげた。その声は傷ついた動物を連想させた。

「なぜ母の浮気を……母の恥を言わなかったんだろう? 母は何年も浮気をしていたはずだ。サルヴァトーレは母と一緒に暮らしていたから、浮気を知っていたに違いない。なのになぜ僕に……あんなふうに思わせたままだったんだ?」

テオは頭を振っていた。冷静さを取り戻そうと必死になっているらしい。

「日記は君とはなんの関係もなかった。申し訳ない。これは君の問題じゃない。君はここにいたというだけで……」

「いいえ、サルヴァトーレによって私の問題にもなったわ。理由は知る由もないけれど、遺言で財産を相続させる相手に私を指名したんだから」グレースは静かに言った。「関係ならあるわ」

「僕が人生の大半をかけて信じていた嘘に、君はまったくかかわりがなかった。憎んでいたあの男は間違っていなかったんだ」

「間違っていなかったってどういうこと?」

テオの顎に力が入った。「真実を知ったら、僕は母を憎んでいた」まるで挑戦状のように言葉を投げつけた。

「テオ、あなたは子供だったのよ」彼の心の傷を想像して、グレースの胸は痛かった。「それに、お母さまは精神的に不安定だった」

「原因は夫への裏切りだろう?」

「お母さまは恋をしていたのよ」

「君は母を擁護するのか?」

「親だって私やあなたと同じ人間よ。両親にも欠点はある。お母さまも違う形でお父さまを愛していたはず」書斎の肖像画を思い浮かべて、彼女は悲しげに言った。「誰を愛するかは選べないもの」

耐えられないほどの激しいまなざしを向けられて
も、グレースは目をそらさなかった。テオの心情を想像すると胸が張り裂けそうだった。

「母は夫も息子も愛していなかったんだ」その言葉は意思に反して口から出てきたかのようだった。

「まさか、そんなわけない！」近づいた彼女はためらったあと、テオの腕に手にかけた。彼は気づいているふうではなかった。「私、写真を見たの。お母さまはあなたを愛していたわ。お父さまのことも……。たしかに心は離れたのかもしれないし、お父さまが愛したようには愛せなかったのかもしれない。そういうこともあるわ」

彼女の声のなにかが胸に突き刺さったのか、テオが鋭い視線を向けた。「なにがあった？」

嘘をつこうか、これ以上はなにも言わないでおこうかと考えたものの、自分の悲惨な人生の話で彼の気がまぎれるなら、秘密を打ち明けてもかまわないと思った。

「彼は私を愛していると思ったのに、そうじゃなかった」グレースは唾をのみこんだ。「妹みたいに思っていただけだったの」

「それでどうなった？」

「今も友達でいるわ。彼は私の妹と結婚したの」

「君は平気なのか？」テオが信じられないという顔で尋ねた。

「ほかにどうしようもないでしょう」

「なんてやつだ！」

彼女は軽く笑った。「ジョージがろくでなしだったらもっと楽だったと思うわ。でも、とてもいい人なの。それに相手は妹だし。できるわけない――」

「妹と距離を置くことが？　いや、驚くほど簡単だぞ。僕が保証する」

「私は距離を置きたいわけじゃないわ」

テオが大きく息を吸い、ぼんやりとまっすぐ前を見つめた。「サルヴァトーレ……」口をつぐむ。「父は……」長い間、その言葉を使ったことはなさそうだった。「父は死んだから、僕たちはもう……子供だったとはいえ、父は僕から選択肢を奪った」

「そうね」テオの表情は苦しげで、グレースは全身で共感した。「でも、お父さまはあなたを愛していた」やわらかく穏やかな声は、動揺しているに違いない彼にも響いている気がした。「サルヴァトーレも、あなたが心の奥底では父親を愛していることを知っていた。間違いないわ。選択が正しかったのかどうかはわからない。サルヴァトーレにしかわからないと思う。でも、彼は正しいことをしていると思っていた。悩んだすえに、母親に対するあなたの愛情を汚したくないと考えたのね。あなたの中のお母さまとの思い出を守りたかったんだわ」

グレースは手の下の盛りあがった腕から少し力が抜けるのを感じた。

「あなたが怒るのはわかるわ」

「わかる?」

問いかけはうなり声に近く、グレースは身震いした。「いいえ、あなたがどういう気持ちか、私にはわからないわ。わかりようがない」

テオの表情がわずかにやわらいだ。「どういう気持ちなのか、自分でもわからないんだ」唇をゆがめ、遠い海へ視線をそらす。「母の死は自分のせいだと僕に思わせたまま、父は墓に入った。母を自殺に追いやったのは、父が不貞を働いたせいだと」

グレースはなにも言わなかった。口をきくことを期待されているとは思わなかった。

「まったくひどい話だ……」テオが長い指でつややかな黒髪をかき乱した。「何度、この場所を思い浮かべたか……」

「ここが大好きなのね?」すばやく振り返った彼に

見つめられるまで、グレースは声を出していたことに気づいていなかった。

「ウェールズ人の友人がいるんだが、彼らには失われた場所や感情への憧れを意味する〝ヒラエス〟という言葉があるんだ」テオが夜空を背景にそびえる暗い山々に目をやった。「深い切望というか、故郷を思う悲しみをおびた気持ちのことらしい」

グレースの目に涙がこみあげた。この場所に感情のつながりがあると、テオが認めたのは初めてじゃないかしら？「そして今、あなたは我が家へ帰ってきた」

ここはテオの家であって、私の家じゃない。グレースは思った。ちらりとグレースを見た彼が、そんな考えなど思い浮かばなかったかのように驚いた表情を浮かべた。きっとそうなる。今でなくても、そのうちには。彼女には確信があった。

まだ気づいていないかもしれなくても、テオに生まれながらの権利を拒絶する理由はなくなった。

私がここを去ったとき――この場所が思い出となり、大好きな看護師の仕事に戻ったとき、私はテオの言ったヒラエスという気持ちになるのかしら？こんなにあっという間に、人はある場所に対して愛着を持てるものなの？

恋に落ちるのに時間はいらないという。

ジョージと知り合って一年がたつころ、グレースは彼への温かな感情を恋だと判断した。

このごろは、当時そんなふうに考えたのはただ自分の話を聞いて、興味を持ってくれる人が欲しかったせいではと思うようになっていた。誰もが自分より知識がある家庭で育ったせいで、話をしても意見を聞いてもらえないことが普通になっていた。だから誰かに耳を傾けてもらえて、すっかり夢中になったのだ。

けれどジョージを見つめていても、テオのときのような飢えを感じたことはなかった。

「食事がまだだったな」テオが言った。

グレースはまばたきをしてからうなずいた。「忘れていたわ」

今夜、たった一人の男性にいい印象を持ってもらいたくておしゃれをしている間、気づかないうちに自分が楽しさとちょっと不道徳な興奮を覚えていたのが、遠い昔のことのように思える。

「でも、今はあまりおなかがすいていなくて」

テオはそれ以上なにも言わなかった。きっと一人になりたいのだ。彼には考えることがたくさんある。

「あの、じゃあ、おやすみなさい」グレースは急にテオの目を見られなくなっていた。

簡単ではなかったけれど、彼の暗く沈んだ表情に強く惹《ひ》かれそうになるのをこらえる。もろい一面を垣間見て、心の壁が打ち砕かれていた。

「父の最後の数週間、君がいてくれてよかった」

テオの顔はグレースと同じくらい、その言葉に驚いているようだった。

「彼は苦しまなかったわ」テオの心を楽にしてあげたくて、グレースは言った。

「それはよかった。だが僕が言いたかったのは、君と一緒で父は楽しかったはずということだ。一人じゃなくてよかった」視線がグレースの震えるみずみずしい唇にとまり、テオの体に欲望がこみあげた。

「サルヴァトーレと一緒にいるのは楽しかったわ」

彼女が顎を上げ、青く輝く瞳に反抗の色を浮かべた。

「タブロイド紙が私と彼についてなんと書こうとね。あなたも記事は読んだんでしょう?」

「タブロイド紙は読まない」テオは言う必要のないことを言った。雇っている中には彼のためにタブロイド紙とつながっている者がいた。今回、グレースの中傷記事が書かれたのもそれが原因だった。

「みんながあなたみたいに無関心でないのが残念だわ」

「誰もタブロイド紙の記事など信じたりしないはずだ」テオはグレースの目を見られなかった。

グレースはほほえみ、テオに感謝した。「そうだといいけど――」彼と目が合って言葉がとぎれる。まるで見えない力につかまれたかのようだった。

こんな感覚を味わったことはなかった。

二人の惹かれ合う力が強くなり、空気がいっきに熱くなった。

人生が欲望と同じくらい単純だったらと思いつつ、テオは二人の間に働く力を感じていた。このときばかりは欲望にあらがうつもりはなかった。欲望に身を任せるにつれて体が熱をおび、五感が研ぎすまされるのがわかった。

グレースの唇を見ていると考える必要はなかった。今日知った事実によって解放された心を分析しようとも思わなかった。

父親の日記を読んで、信じていたものはすべて指の間をすり抜けていた。まるで流砂の中を歩いている気分だ。十数年もの間、父親を思い出しては冷たい怒りを抱いてきた。そこに日記を読んで覚えた罪悪感が爪を立てていた。

テオは奥歯を嚙《か》みしめ、その感情を抑えつけた。

グレースの唇を見つめていると、頭の中で渦巻く怒りに満ちた思考が静まるのに気づいた。

グレースはもはやテオから目をそらそうとしなかった。彼はまだこちらを見つめている。その黒い瞳は彼女の心拍数を速め、膝を少し震わせた。

「あなたには考える時間が必要だわ」陳腐に聞こえても、なにか言わなければと思った。

二人の間につのっていく情熱を静めたかった。

「考えるのは明日にする。今夜はそうしたくない」

今夜はグレースのやわらかな体に溺れ、心を麻痺《まひ》させる単純な快楽を望んでいた。

目をそらしたくても、グレースにはできなかった。喉はからからで、心臓は激しく打ち、息づかいは荒かった。「今夜、なにをしたいの？」口からこぼれた自分の言葉を聞いて、彼女はパニックに陥った。間違っていたらどうするの？

「君と同じだ」

彼女は冷静にテオを見つめた。「私がなにをしたいか、あなたにはわからないでしょう」

「言ってみただけだ」彼がほほえんだ。その暗く危険な表情に、グレースは震えあがった。「違うなら訂正してくれ」

テオの手がやさしくグレースの顎を包みこみ、顔を引きよせた。もう片方の手は髪を撫《な》でている。そして顔が近づいてきて唇が重なった。

キスには自暴自棄に近い恐ろしいほどの欲求が感じられ、グレースの体に火をつけた。半分うめき半分すすり泣きながら、彼女はテオに寄り添ってシャツをつかみ、うなじに腕をまわして引きよせた。彼の固く筋肉質な胸に身を押しつけ、引きしまったたくましい体を堪能した。

グレースのその動きに応えるようにテオがいっそう深く舌を差し入れ、彼女の口を大きく開かせて情熱の炎をかきたてた。

次にグレースの小ぶりな胸を手で包みこんで愛撫《あいぶ》しながら、やさしいキスをゆっくりと続ける。うずくような喜びは拷問に似ていた。

この時点で、グレースの頭は働くのをやめていた。全身は本能とすさまじい飢えに支配されていて、彼女はただ従うしかなかった。膝に力が入らず、立っているのがやっとだった。

テオが一瞬頭を引いてグレースの顔をのぞきこんだ。まぶたは半分閉じられ、頬は紅潮している。キスをしていた唇から言葉がこぼれた。

「君は完璧だ」彼が息をつき、グレースの顎を一本の指でゆっくりなぞった。「僕は君が欲しい。こうすることが必要なんだ……」

「私も」グレースの呼吸もテオと同じくらい乱れていた。

原始的な満足が浮かぶ黒い瞳を輝かせ、彼がグレースを抱きかかえた。

グレースは抵抗しなかった。ライトアップされた星空邸へ戻る間、彼女はテオの首に腕をまわしていた。

9

「君の部屋にするか、僕の部屋にするか?」テオがグレースを抱きかかえたまま、裏口から大邸宅《パラッツォ》へ入り、ほのかに明かりがともる小さな廊下を進んだ。

「近いほうならどっちでも」

「いい考えだ」彼が荒々しい笑みを浮かべて言い、グレースはうっとりした。「それなら君の部屋だな。もっとキスしたいところだが、そうしたら君の寝室にたどり着けなくなる。初めて体を重ねるのが使用人用の階段なのはいただけない。だが知っておいてくれ」彼が階段を一段飛ばしで上がっていく。「僕は君の体の隅々までキスするつもりだ」

二人が中に入ると、部屋はグレースが出ていったときのままだった。しかし、彼女の心はまるで違っていた。

私は男の人とベッドへ行こうとしている！

初めてね、と頭の中の声が言った。

テオが四柱式ベッドへ歩みより、整えてあった上掛けを無造作にめくった。グレースをそこに横たえ、手を彼女の両側についておおいかぶさる。

「さて」彼がグレースの顎を唇でついばんだ。「約束していたキスを始めようか、かわいい人《カーラ》」

頭をマットレスに押しつけてグレースは目を閉じ、喉から唇に向かってキスをされる間、頭の上に上げた手を軽く握っていた。唇にキスをする前、テオは彼女を見つめ、それからお互いがお互いをじっくりと味わえるように口づけをした。

キスが激しさを増すにつれ、グレースは自分の中の情熱の炎も勢いづくのを感じた。腕をまわし、テオをきつく抱きしめてキスを返すと、舌と舌をからませた。

うずく胸をテオの胸に押しつけると、彼は抱き合ったまま位置を変え、手でグレースの髪や体に触れた。彼女は燃えるように熱かった。

テオの唇が離れたとき、グレースは抗議した。

彼の陰りをおびた目は興奮していた。「少し待ってくれ」

テオがシャツを脱いで投げ捨てた。グレースは息を吸い、体を弓なりにしてテオの腹部に両手で触れると、筋肉が収縮して彼を征服しているような気分になった。それが思いすごしなのはわかっていた。人生で一度もそんな経験はなかったからだ。

「あなたは本当に美しいわ。みんなからそう言われているんでしょうね。自分でもそう思うでしょう」

グレースは手をマットレスについて体を起こすと、テオの腹部に口づけして舌を這《は》わせた。

「あなたの肌、塩辛いわ」顔を上げてまつげの間から彼を見る。

もう一度顔を腹部に近づけたとき、テオの両手が髪に差し入れられ、グレースの顔を引き離した。不満そうな声をあげる彼女を、テオはマットレスの上に戻した。荒い息を吐くグレースにまたがるように座り、恐ろしげな顔で彼女の顔を見つめた。

「僕の番だ」テオが片方の手を青いシルクの上に置いた。「すてきなドレスだが……暑そうだ」

大きくうなずいたグレースは、彼が片方のふくらみを手でおおい、親指でとがった胸の先を刺激すると低いうめき声をもらした。

テオがドレスのストラップをグレースの肩から下ろし、荒々しいうなり声をあげた。彼女の体を引きよせながら飢えた表情を浮かべ、かすれた声で言う。

「完璧だ」

彼の首に腕をまわしたグレースは肌の触れ合いに興奮するあまり、いつから二人がベッドに横になって向かい合っていたのかわからなかった。

テオの手がドレスをすべりおりていくと、グレースは彼に体を押しつけた。唇が重なって舌が差し入れられたとき、彼女はうめいたりすすり泣いたりしながら、テオの手を触れてほしい場所へ導いた。

テオは自制心と理性が失われつつあるのを感じていた。グレースはこれまでつき合ったどの女性よりも敏感に反応した。天性の官能性を持つ彼女は軽く触れられただけで興奮し、とてつもない飢えがテオの体の中で手に負えない森林火災のように燃えあがった。

グレースを見つめるうち、独占欲が高まるのに気づいた。これまでほかの女性には感じたことのないものだ。彼女を手に入れたいという欲求は本能と言ってもよかった。そんな望みを抱いたのはグレースの体が溺れたくなるほど魅力的だったからだけでなく、彼女がどういう人間か知っていたからだろう。

「僕の美しい人《ミア・ベリッシマ》……」テオはグレースの丸みのある小さなヒップを手でとらえ、引きしまったその場所を愛撫《あいぶ》した。彼女の小ぶりだが完璧な胸が震えながら激しく上下するのを眺めたのち、ドレスのファスナーを見つけてさっと下ろした。ドレスをいっきにはぎ取られて、グレースがまばたきをした。

「これで涼しくなっただろう」

もちろん、テオは涼しくなどなかった。

グレースも同じで、想像を超える欲望で体が熱くてたまらなかった。

とてつもなく敏感になっている肌には危険なざわめきが広がっているうえ、体温も数度高くなっている気がする。

横を向いたまま肘をついた手に頭をのせ、浅く不規則に呼吸しながら、グレースはオーダーメイドのズボンを脱ぐテオを見守った。

ボクサーパンツの前は大きくふくらんでいた。緊張した表情のテオに引きよせられたとき、グレースの頬はピンクに染まっていた。今の魔法のようなひとときを終わりにしたくなかったので、彼女はなにも言わず、ただテオを見つめていた。言葉を口にしても意味はなかった。自分が感じていること――この完全かつ絶対的な、大地を揺るがすほどの正しさを言い表す語彙など持ち合わせていなかった。

テオがグレースの髪を撫《な》でた。そのやさしい手つきは、彼の鋭さが際立つ顔に浮かぶ危険な獰猛《どうもう》さとは対照的だった。彼女は嵐の中にいるような緊張感と、一触即発の偽りの静けさを感じた。それとも、これは天国の扉が開く前触れだろうか。

グレースの唇に視線をやって、テオがふたたびキスを始めた。グレースの温かな口の中へ舌を差し入れ、彼女にも同じことをするよう促し、その間互いの体を密着させる。それから、唇で喉から胸までたどった。

無精ひげが肌に触れるざらついた感触を楽しみながら、グレースはテオの髪に指をくぐらせて彼を抱きしめた。そしてもっと激しい愛撫を求めたけれど、グレースのいらだちを察したテオはキスをやめ、彼女の腿を自分の腿に引きよせた。そのせいで下腹部と下腹部がぴったりと合わさり、グレースの中で欲望が性急につのる。二人の体が甘くもつれるたび、あえぎ声やうめき声があがった。

グレースは自分が感じていることに夢中になりすぎていて、テオが脚のつけ根に指をすべりこませるまでシルクのショーツが消えているのにも気づいていなかった。

「君はとてもきついな」彼がキスをしてつぶやいた。

「そうなの?」テオの興奮の香りを吸いこみつつ、グレースは彼のふくらはぎを足で撫でた。

「久しぶりなのか?」

ジョージとの過去を、グレースは乗り越えていないのかもしれない。テオはその男の存在を忘れさせてやるという野蛮な決意に駆られた。

「そんなところかしら……」片方の胸を包みこまれて、彼女が目を閉じ、くぐもった感謝の声をあげた。

テオに美しいと言われて自信を持ったらしく、グレースが認めた。

「久しぶりというか……一度も経験がないの」

その言葉を数秒かけて理解した次の瞬間、テオは凍りつき、彼女を見つめた。「つまり……」

拒絶されると思いながら、グレースはうなずいた。

どうなるかはわからなかったけれど、自分が味わうだろう落胆の想像はついた。それはジョージに拒絶されたときとは比べ物にならなかった。ろうそくの炎と本格的な森林火災くらい違う。

「ああ、カーラ……」テオがグレースの顔を撫でた。そのやさしい触れ方は目にくすぶる情熱の炎とは対照的だった。「本気で僕でいいのか？」

答えは簡単に出た。グレースはテオを、彼のすべてを求めていた。「誰よりも本気よ」

「約束するよ。君にとってすばらしい経験にする」

グレースはボクサーパンツを脱ぐテオをまつげの間から眺め、彼の体を観察した。完璧な男性の見本のような体はよぶんな肉がひとかけらもなく、筋肉しかついていなかった。

グレースのもとに戻ると、テオは指で彼女の腰のくびれと女らしいヒップをなぞった。

テオはグレースを見つめ、一つになりたいと思ったものの、その強すぎる欲求に躊躇《ちゅうちょ》した。

彼女はとても小さく、とてもはかなげで……。

彼はグレースの鎖骨と唇にキスをしながら、彼女を壊さないか心配になった。

だがグレースのつのる欲望に気づくと、彼の目は情熱に曇った。彼女はしなやかな子猫のようだった。

テオの目が暗く陰るのを見て、グレースは期待に胸を高鳴らせた。

「君が欲しい」彼が言った。

「お願い、そうして……」

テオが入ってきて、グレースは静かなあえぎ声を長くもらした。目をぎゅっと閉じると、歯を食いしばった彼の表情を含むすべてが見えなくなった。

わかるのは時間をかけてゆっくりと彼女を満たしていく、絶妙な感覚のみだった。

テオの動きが速く大きくなるにつれて、グレースは自分の緊張が高まっていくのを感じた。彼女はテオのテクニックにも誘惑の力にも応えられず、ひたすら耐えていた。そしてどこからが自分で、どこからがテオなのかわからなくなるほどの強烈な喜びの爆発を迎えた。

頭の中が真っ白になったあと、快感の余韻に身を震わせながら、グレースはけだるげに我に返った。

目は開けず、テオは自分と同じ気持ちじゃないのよと肝に銘じる。しかし、そうするのは簡単ではなかった。本当は屋上から叫びたいくらいだった。なにもかもがすてきで、特別で、完璧で、誰かと分かち合いたかった。

「眠っているのか、グレース？」

「ええ」いずれにせよ、なぜテオが最初の相手だったのか、体を重ねたあとで分析できるほど意識ははっきりしていなかった。

もし初めてだと話していなかったら、テオは気づかなかったかしら？　そうかもしれない。初心者にしては悪くなかったと思うし、未熟な部分は熱意で補えていたらいいんだけれど。

「Bプラスってところね」グレースはつぶやいた。

「なにがだ？」

「なんでもないわ」

テオは笑ってグレースを見つめ、しばらく彼女のやわらかな頬を撫でていた。それからグレースの顔を引きよせ、自分の体に密着させた。

これは誰にもしたことのない親密な仕草だった。しかし、正しいことだと感じていた。

グレースが目を覚ますとあたりはまだ暗く、テオが彼女を見つめていた。

「自分の部屋へ戻るの？」彼女は尋ねた。

「そうしてほしいのかい？」

彼女は首を振った。

「よかった」テオがキスをした。夢のようなキスは長く続き、彼女は爪先までしびれた。しかし彼は唇を離し、片方の肘をついていた。「君のジョージとなにがあった?」

「言っておけばよかったかしら」

テオがあきれた顔をした。「バージンだったことをか? 本気で言ってるのか、グレース?」

彼はまだショックから立ち直れなかった。それに、グレースの最初の恋人になったことをうれしいと感じている自身も理解できなかった。彼女の生まれながらの官能的な魅力を考えると、うれしい一方で困惑していた。

「ゆうべのあなたにはベッドの相手が必要だった」グレースは言った。

そして、自分が手近にいただけなのはわかっていた。

「私にも必要だった。ある年齢になるとそうでしょう? 恋人がいないと、なにか問題があると思われる。それに最初のデートでバージンだと打ち明けるのか、それとも……」彼女は自分の熱い頬に触れながら続けた。「私の顔、赤いわよね。あなたがずっと裸でいるから」

テオはまだなにも身につけていなかった。彼女は視線をテオの引きしまった腰をおおうシーツにそそいだ。

「ゆうべはあなたと一緒にいても、気まずい感じにはならなかったわ」

彼の目になにかが浮かんだ。けれどなにを言おうか集中して考えていたせいで、グレースはもう少しで見逃すところだった。

「深く考えてもいなかったし。でもさっきのは……本当に完璧だったわ」

「君はときどき深く考えすぎる人なのはわかっているよ」

　昨夜の出来事に意味があるとは思わないでほしいと、テオは言っているのかしら？　グレースは不安になり、すぐさまうなずいた。「そうね」

「ジョージの前は？」

「男性は私をいい人すぎると言うの。妹みたいだって。それに、あまりセクシーでもないらしいわ」

　テオは上掛けの上から唇でグレースの胸に触れた。

「信じてほしい、グレース、そういう男は君を妹みたいに思っているわけじゃない。君がセクシーだということは、僕たち二人が知っている。君が思っているよりよくある問題だよ。男は美しくて賢い女性には気おくれするものなんだ。君は彼らにとって脅威だったんだよ」

　グレースはテオを見つめ、冗談だと言われるのを待ったけれど、なにもなかった。

　地球上でもっともすてきな男性であるテオ・ラニエリは、私を美しく、賢く、そしてセクシーだと思っているの？

　彼女は目を閉じ、その特別な一文を噛《か》みしめた。

「君のジョージだが……」テオが頭を振った。

「ジョージは私を大切にしてくれたわ」

「いや、意気地なしだ。君の妹とはセックスしているのか？　それとも清らかな愛を育んでいるのか？　詩を交換したりして心を通い合わせている？」

「二人には子供がいるわ」

「君の妹はセックスなしで妊娠したのか？」

　グレースはテオを軽くたたいた。それでも自分が裸でテオと笑い合っているのを不思議に思った。

「詩を書くのはジョージだけだわ」笑いながら言う。「あまり上手じゃなかったけど。まじめな話、ジョージは私を本当に好きではなかったんでしょうね」

「やはり意気地なしじゃないか」

「そんなこと言わないで。私たちは待っていたの……」

「なにを？　僕には意気地がないとしか思えない」

「でも、妹とは初めて会った夜に関係を持ったわ」グレースは淡々と話し、やわらかな笑みさえ浮かべていた。しかし当時知ったときはショックを受け、自信を打ち砕かれた。「ジョージが私の両親に会うために家に来たことがあるの。彼は妹を家まで送っていき、車の後部座席で体を重ねたんですって」

「へえ、さすが」テオが冷笑した。「彼が君にそう話したのか？」

「話したのは妹よ。ジョージは私に魅力を感じていたわけじゃないって」

今ならジョージに対する気持ちは友情だったとわかる。でも当時は情熱とはなにか、誰かに身をゆだねるとはどういうことなのかを知らなかった。男性の体には尽きない魅力があることも。

そしてその発見はまだ新鮮だったうえ、すばらしかった。

グレースはテオの脇腹を撫でてから背中に手を置いた。この筋肉がついたたくましい体が大好きだった。

彼が重々しく息を吐き出した。「ずいぶん理想的なカップルが誕生したものだな」

「妹はすごい美人で、社会的にも成功しているし、恐ろしいほど頭がいいから」

「彼女もその評価には同意するだろう。一度会ったことがあるんだ」

グレースは緊張した。「妹とベッドに行ったってこと？」

よく考えてみるよりも先に、質問は口から飛び出していた。

「君の妹とベッドに？」テオが笑った。「正直なところ、彼女がどんな姿をしていたかも覚えていないよ。だが、自分がつねに正しいと信じている頑固な性格のことはかなり印象に残っている。あれだけ己には絶対に誤りがないと思いこめたら幸せに違いない」

妹のホープを正しく判断しているテオに、グレースは驚いた。たしかに妹はそういう人間だ。しかしサルヴァトーレのことを誤解していた彼が言ったと思うと、とても滑稽でもあった。「あなたにも妹と同じ一面があるとわかっていたらよかったわね」

はっとして恐怖の表情を浮かべる。日記を読んだテオに言っていい軽口ではなかった。

「ごめんなさい」

「気にしなくていい」彼がなだめた。

「私があの日記を見つけて読んでいなかったら、あなたは今も真実を知らなかった」私たちもこうしてベッドにいなかったかもしれない。

いいえ、かもしれないじゃない。テオが私を誘ったのは忘れたいことがあったからだ。私は手近にいただけだった。

あなたは大喜びで誘いに乗ったわね。頭の中の声があざわらった。

「見つけてくれてよかった。知ってよかったよ」

グレースはテオの言葉を信じられなかった。昨夜の彼のようすはひどかったからだ。

「たとえどんなにつらい真実でも知る意味はある。知らなければ正しい判断ができないからだ。僕は偽りを信じてすべてを決断してきた。彼——父の気持ちはわかるが、あれは間違いだった」

彼女は手を伸ばしてテオの肩に触れた。「仕事中毒の億万長者にしては、とても地に足がついた言葉ね」いたずらっぽく言った。

テオがのけぞって笑った。

「笑うことは最良の薬ではないかもしれないけど、奔放で情熱的なベッドのひとときにかなり近い効果はあると思うわ」

グレースはテオの視線を感じた。彼はもはや笑ってはいなかった。全身で緊張している。

「私、声に出してた？」

「君に全面的に賛成だ」テオが寝転がって肘をつき、彼女の髪を後ろに払った。「禁欲は人間の成長を促すというが、君が相手なら僕は喜んで破るよ」

しかしグレースは身を乗り出してきたテオを手で制し、キスを防いだ。「きいてもいいかしら、テオ？」おずおずと切り出す。「ゆうべの私はちょっと……ぼんやりしていたし、夢中だったの……。その、あなたは予防していた？」

彼の表情にやさしさが満ちた。「避妊具は使った。望まない妊娠を招くような身勝手なまねはしないから、安心してくれ。君の体のことは考えているよ。信じてくれるかな、カーラ？」

「もちろんよ！」考えるまでもないことだった。


なぜかその返事にテオが眉をひそめ、厳しい顔になった。「僕が相手のときは安全だが、信じすぎるのはよくない。すべての男がベッドの相手を気づかうわけじゃないんだ」

グレースは体を起こした。「あなたの代わりをさがしに行くのは、あなたが私をベッドから追い出したあとにするわ。でもさがしたらさがしたで、あなたはその代わりの人を審査したがるのかしら？」

「落ち着いて」テオはグレースの胸に手を置いた。「侮辱するつもりはなかった。君が自立した女性なのはわかっている」

激しい嫉妬が胸を切り裂いているのを悟られたくなくて、彼は目を閉じた。顔のないグレースの未来の恋人も自分が教えた情熱的なひとときを楽しむと想像して気分が悪くなっていた。

テオの嘘《うそ》に気づいて、グレースの怒りは静まった。もし私が自立した女だったら、敵に等しい男性に好意を抱くことも、彼とベッドをともにすることも、もう一度同じことをしたいと思うこともなかったはずだ。

前に似たような経験をしたことはなかった。それでも、このままではいつか苦しみと後悔を味わうはめになるのは承知していた。

本当に怖いのは、それがわかっても気にしていない自分だった。

そう思いながらテオを求めていると、グレースは新たな気持ちを抱いた。二度目は一度目よりも激しくも奔放でもなかったけれど、やさしさがあった。テオは体の知らなかった場所が痛む彼女を気づかってくれた。

テオはグレースの体の隅々にキスをするという信じられない約束を果たした。そしてどうやって彼に触れ、限界へ追いやるかを教え、グレースに自信をつけさせてから、たくましい自分の体の虜《とりこ》にさせた。

二人でのぼりつめたあとも、テオはグレースから離れたくないようだった。グレースも彼の重い体を感じるのを気に入っていた。うつらうつらしていた彼女は、どれだけ長く二人が寄り添っていたのかわからなかった。

眠りから完全に目が覚めたとき、グレースは一人きりだった。部屋には光が差しこんでいる。

明るい光のもとだと冷静に考えられるというのは本当だわ。テオの痕跡と香りが残るマットレスに触れながら、彼女は思った。

ベッドは冷たかった。

テオはずいぶん前に出ていったのだ。

10

グレースは顔を洗って服を着替えると、昨夜の過ちにはこだわらないと固く決意をした。あれが一度きりだったなら笑い飛ばせばいいのよ、と自分に言い聞かせた。

十二時三十一分、テオが彼女の寝室に現れた。正確にわかったのはずっと時間を確認していたからだ。

「テオ」グレースは明るすぎる笑顔で言った。

「マルタと話してきた」

「そうなの？」彼がどこにいたか説明してもらわなくてもかまわないと思っていること、監視しているわけではないことが伝わるような表情をする。

そして化粧台にマニキュアの瓶を並べつづけた。

「彼女に父の日記を読んだと話して、知っている限りのことを教えてもらったよ」

「まあ」グレースは瓶を等間隔にまっすぐ並べるのをやめて、テオのそばへ歩いていった。「どうだった？」

「マルタは動転して、かなり感情的になっていた。彼女は父に頼まれてむずかしい立場に置かれていたせいで、僕が怒ると思って――」

「でも、あなたは怒らなかったんでしょう？」彼女は口を挟んだ。

「もちろんだ！　母の自殺と遺書の存在を知っていたのは六人だけだったようだ。母が精神的な問題をかかえていたことは誰もが知っていて、噂《うわさ》にもなっていたらしい。六人のうち三人はすでにこの世を去り、一人は引退後ローマにいる息子と住んでいて、執事は脳卒中で倒れてケアホームにいるという話だった」

「それっていいこと？」

「亡くなった三人と執事にとっては違うだろうな」

彼女はテオに視線を投げた。「それで終わり？」

「マルタは僕や君と同じで、母の遺書についてはよく知らなかった。だが、彼女は信じていた。僕がここに戻ると思って、父が財産を遺《のこ》したんだと。息子がいるべき場所だと、父は考えていたらしい。一度でも戻れば決して離れないだろうとね」

　グレースは喉の塊をのみ下した。「サルヴァトーレは正しかったのよね？　あなたは星空邸にいるべき人なのよ」

「そうかもしれない」テオが慎重に言った。「だが僕は今、まったく違う人生を歩んでいる」

「あなたにはここを売るつもりなんてなかったのよ。時機がきたら――」

「ロマンティストだな」

「いいえ」彼女は抗議した。

　彼は背もたれのまっすぐなソファに無造作に腰を下ろし、すぐさま立ちあがった。「まるでコンクリートに座っているみたいだ」

「じゃあ、そのソファはどこかへ持っていって、この場所を好きに替えればいいわ。あなたが望むなら私はどこにでもサインする。お父さまは遺産を他人に渡したり、分割したりすることを望んでいなかった。私はなにもいらないから」

　テオは頭を振り、どうしてこの女性を詐欺師と疑ったのか不思議に思った。やさしく寛大なグレースは、ろくでなしに利用される可能性のほうがはるかに高そうだ。「君は金持ちになれないぞ」

　彼女が肩をすくめた。「別になりたくないわ」

「だが、君もここが好きなんだろう？」

「私の家じゃないもの」グレースがそう言ってテオと目を合わせるのを避けた。

「君の家になるかもしれないじゃないか。いや、当面はこのままにしておかないか？　急いで決断するのはよくない」テオは言った。「僕にはここを離れた生活がある。大邸宅《パラッツォ》の運営は――」

「ニックはとても有能だわ」グレースが口を挟んだ。「ニックと奥さんには赤ん坊が生まれる予定だ。彼から時短勤務にさせてほしいと言われたよ」

あの反抗的だった旧友が育児に積極的な父親になるとは、まだ考えられなかったが。

「ニックによれば、自分と一緒に働いている中に仕事を任せられる者はいないらしい。君が手伝ってくれたらいいのにと話していた。彼も言っていたが、君は仕事熱心だから」

グレースが迷った末に口を開いた。「あなたは、私に管理人のような役割が務まると思っているの？」

「君は管理人じゃない。星空邸の共同所有者だ」

「サルヴァトーレにそんなつもりはなかったはずよ」グレースが不安そうに言った。

「わからないぞ。いいかい、折り合いがつくまでは共同所有者でいよう……とりあえず」そうすれば夜は二人で過ごせる。伏し目がちに彼女を見つめて、テオは思った。「共同作業だと思ってほしい。それなら君の平等主義の原則に合っているだろう」

またマニキュアの瓶を並べようとしていた彼女がくるりと振り返った。「私が平等主義者だとどうしてわかるの？」

「君は大金を手放そうとしたじゃないか」

グレースが不機嫌そうな表情を浮かべると、手をひと振りしてマニキュアの瓶をすべてごみ箱へ払いのけた。「なにも考えられないわ」強い口調で言う。狙ってしているようには見えなかった。

「わかった。それなら基本的なルールを決めよう。僕とベッドをともにするのに飽きるまで、この星空邸にいてくれないか？」

「あなたが私とベッドをともにするのに飽きるかもしれないわ」グレースは必死にテオの軽口に合わせて言った。彼の言葉に動じたくはなかった。

その一方で、彼女は恥ずかしいことに興奮してもいた。片方の足からもう一方の足へなにげなく体重を移動させても、下腹部のうずきがやわらぐことはなかった。

頭の中の声はつのる思いを隠せなくなるときが間近に迫っているわよと告げていて、グレースは深呼吸をした。それならただ平常心で一瞬一瞬を楽しみ、別れの日までにあとで思い返せる記憶を一つでも増やすしかない。

「飽きるまで僕たちにはまだ時間があると思う」テオが冷静な声で言った。「君とのセックスは今まで経験した中でも最高だった。ゆうべ体を重ねたことを思い出して顔を赤らめる君が大好きなんだ。君にはゆうべと比べられる経験はないかもしれないが、僕にはある。だから言わせてくれ、僕たちのベッドでの相性はとんでもなくいいんだ」テオが悪魔のような笑みを浮かべて続けた。「ベッド以外でもそうだと思う。この星空邸のほかの部屋でも試してみないか？　屋根裏部屋には行ったことがあるかい？まるで迷路みたいなんだ。だが、地下貯蔵室はやめておこう。不気味だから」

「テオ！」パラッツォのすべての部屋を思い浮かべて、グレースは息をのんだ。

「グレース……」彼がからかった。「君は乗り気なはずだ。わかっている。僕が欲しいんじゃないか？僕の言ったことが気に入ったんだろう？」

そのとおりだった。

ベストセラー作家のルカ・フェラーラは、テオの古くからの友人の一人だった。彼をのちに妻になったアメリカ人女優ソフィア・ハルトンに紹介したのはテオだったらしい。

写真映えする二人は〝ルフィア〟というニックネームで知られているほどの有名人だった。

その夜はソフィアの誕生日を祝うため、百人ほどの親しい友人たちが集まる予定だった。女優はなんでも持っているので、プレゼントを贈られるよりも自らが支援する慈善活動への寄付を望んでいた。

警備は非常に厳重なはずだった。しかし報道陣やカメラの立ち入りは禁止されていても、夫妻は選ばれた記者に招待客の撮影を許可していた。

噂では重大発表があるという話で、それは妊娠なのではないかという憶測が熱をおびていた。夫妻が何年も不妊治療に取り組み、体外受精を何度も繰り返しているのは周知の事実だった。

グレースは真実を知る数少ない人物の一人だった。発表されるのは赤ん坊の存在で、夫妻は生後一年半の双子をお披露目するつもりだった。先月に養子縁組が成立したので、二人は新しい家族を迎えた幸せを伝えたかったのだ。

テオから話を聞いたとき、グレースは喜びを感じた。けれど同じ日に彼が情報は極秘だから、扱いには気をつけてほしいと念押しすると、うれしかった気持ちは消えてしまった。

私がなんでもSNSに投稿するような女だと、テオは思ったのかしら？

傷ついた心を隠し、慎重に気持ちを抑えながら〝わかったわ〟と言った自分に、彼女はうんざりした。テオから信頼されていないことはよく承知していたけれど、その問題が表面化したのはこの一カ月間で今回が初めてだった。

ささいな問題とはいえ、似たようなことはいくつもあった。

部屋に入ると、画面を見られないようにテオがノートパソコンを閉じても、グレースは気づかないふりをした。それに、彼はなんの説明もせずに一日姿を消すことがあった。彼女が居場所を知りたがっているとは思ってもいないから、そういう行動が取れるのだろう。

ありもしないものを望んでいるのかもしれないけれど、テオがなにも言わないせいで、グレースにはどうしようもなかった。これでは本当に親密な関係を築けているとは言えない。テオが私を必要とするのは体を重ねるときだけのようだ。

グレースは恋に落ちたという現実に逆らうのはあきらめていた。ただ今を楽しんで、避けられない痛みがもたらされたらそのときは耐えればいい。

今夜は髪をアップにするか下ろすかで悩んでいたので、未来を気にする余裕はなかった。そうしていると携帯電話が鳴った。

発信者の名前を見て、グレースは電話に出た。

ホープが単刀直入に言った。「〝ルフィア〟の誕生日パーティに招待されているって本当？」

妹の声には嫉妬と憤りがにじんでいて、グレースはパーティがどれだけのイベントなのかを思い知って胃が引っくり返りそうになった。

「招待されたのはただの食事会よ。サルヴァトーレは遺言で、〝ルフィア〟が支援する慈善団体に多額の寄付をしたの。だから一種のお礼なんだと思うわ」グレースは言った。

するとホープは口調をやわらげ、それから五分間、そのような場での服装やふるまいについて姉に指南した。「誰も姉さんのことを見てはいないと思うけど、めだたずにいたほうがいいんじゃないかしら。姉さんはパーティみたいな華やかな場が嫌いだし、そこにいるのはカップルばっかりでしょう？　ああ、あのすてきなテオも招待されているの？」

グレースは笑いたいのをこらえて答えた。「まあ、サルヴァトーレは彼の父親だから招待されているんじゃないの……」しらばくれても思ったほど罪悪感は覚えなかった。

私とテオの関係が人に知れることは絶対にない。それに、来週には終わっている可能性もある。それでも、できる限りテオを家族には近づけたくない。

家族に魅了されたのはジョージ一人ではなかった。家に連れてきた人はみんな家族に夢中になった。そうなってもグレースはいつも淡々と受け流してきたけれど、今回ばかりは違った。テオは彼女のものであり、家族とは共有したくなかった。

もちろん本当は違う。しかし、グレースはその真実を頭の奥に封じた。教訓を学んだり涙にくれたりするのは後日に取っておくつもりだった。

考えているのは今だけで、将来に備えて賢明な計画など立てていなかった。誰と恋に落ちるかも含めたどんなことも、計画どおりにはいかないに決まっているからだ。

妹に会ったとたん、恋に落ちたジョージもそうだった。

「姉さんはテオについてよく知っておかないと」ホープが言った。「彼は姉さんのパラッツォの半分を所有しているんだし」

「ここは広いから平気よ」

「いつか見に行こうかしら」妹がすかさず言った。

グレースはどうとでも取れるうめき声をあげた。

「まあ、パーティでおもしろいゴシップが聞けるのを期待してるわ。テオが誰とつき合っているのか知らないなんて信じられない。さがせば手がかりがあるはずよ。いろいろ噂はあるけど……とにかく楽しんできてね。ああ、ジョージも愛してるですって」

少し間があいて、そっけない言葉がつけ加えられた。

「いつでも」

携帯電話を置いたグレースは妹の詮索をかわした自分をほめながら、〝いつでも〟という言葉の意味について考えこんだ。それでも妹が嫉妬していると は考えられなかった。

家族にテオと自分の関係を伝えていないせいで、グレースはおびえていた。二人のことについては沈黙を守るつもりだった。言ったとしても意味はないし、言えるような内容はないに等しい。だから、良心の呵責《かしやく》を覚える必要はないと思っていた。

それでも、グレースはテオの恋人である喜びを精いっぱい享受すると決めていた。愛を失った寒々しい未来のために、できるだけ多くの思い出を作っておきたかった。

テオのいない未来が寒々しくなるのはよくわかっていた。好むと好まざるとにかかわらず、私は彼に恋をしている。追いかけるのがとてもむずかしい男性に!

テオに勘づかれるのを恐れて、自分の気持ちを隠そうとはした。けれど本当は初めて結ばれたあと、隣で眠る彼の髪を撫《な》でたときから、自分が恋に落ちていること、そしてすべてが涙で終わることは承知していた。

けれどそれまでは楽しむのよと、鏡に映る姿に強い口調で告げて背を向けた。そして、体にぴったりとしたオーダーメイドのドレスの隠されたファスナーを慎重に上げた。

ホープが知ったらうらやましがるはずだ。

週の初めデザイナーがスタッフを連れてやってきたとき、グレースは驚きを隠せず、テオに説明を求めた。しかし、彼は説明など必要だとは思っていなかった。たぶん、人生で一度も既製品を買ったことのない男性にとっては当然の行動だったのだろう。

〝姉さんはテオについてよく知っておかないと〟

妹の言葉が脳裏によみがえり、最後に見たテオの姿が頭に浮かんだ。まだ暗い時間、転がるようにベッドから出た彼のたくましい背中は、薄明かりに照らされて金色に輝いていた。グレースが手を伸ばしてその温かな肌を指でなぞると、テオは美しい顔を向けて彼女の手をとらえ、てのひらに口づけしてから起こしたことを謝った。

〝かまわないわ、大きな坊や〟芝居がかった深みのある声でからかうと、彼が笑った。

温かみのあるテオの声を思い出して、グレースは震えた。

〝ちょっと電話してくる〟彼が言った。

彼女はため息をついた。どうやらロサンゼルスで大きな合併話が進行中らしく、テオは現地時間に合わせて動いていた。詳しいことは知らないが、このごろの彼はアメリカへ飛んだほうが楽なのに、夕食をとると書斎にこもって仕事をし、深夜ベッドに入る生活を続けていた。あるいは、今日のように午前一時か二時ごろに起きては仕事をすることもあった。

テオについて学んだことの一つだが、彼はほとんど眠らなくても平気らしく、どんな過密なスケジュールであろうと必ずグレースのベッドへやってきた。だがいくら自分の私物を増やしても、彼女の部屋を二人の部屋とは言わなかった。ひょっとしたらテオの頭の中にも彼女の心の中にも、この関係はいつか終わるという思いがあったせいかもしれない。

ああ、どうしよう、こんなことを考えつづけていたら、涙でメイクがだいなしになってしまうわ。

今夜、グレースは人にメイクをしてもらうのを断っていた。それでも、有名なメイクアップアーティストのレッスンは受けた。あわただしいレッスンが終わったあと、メイクアップアーティストは今までリップグロスとマスカラをぬるだけだったグレースのために、一生使っても使いきれない数の高級化粧品を置いていった。

シンデレラでいるのがどれほど緊張するうえにうんざりすることなのか、身だしなみを整え、あでやかに装うことにどれほどの努力が必要なのかについて、物語で語られることはない。

でも私にはわかる。鏡を見てグレースは思った。

〝髪を下ろしたほうがいいと思う?〞と姿見の自分に問いかけたのは、今夜は失敗したくなかったからだ。私を見たテオの目が、欲望で陰るといいんだけれど。

そうなる光景を想像してかすかな笑みを浮かべた彼女はドレッシングテーブルに向かい、中にベルベットを敷いた宝石箱からサファイアのネックレスを取った。

〝君の瞳はこのサファイアと同じ色をしている〞と前にテオは言った。彼が指で肌に触れ、〝完璧だよ〞と続けると、グレースは震えた。

グレースが〝やりすぎだわ〞と抗議しても、テオからは〝どうせ半分は君のものだし、どこかの銀行の金庫で眠らせておくよりは身につけたほうがいい〞と反論されただけで、彼女は泣きそうになった。

〝ほかにも君が気に入りそうなものがあるんだ〞あのとき、テオは言ったものだ。

彼女は真珠のような歯で唇を噛《か》み、サファイアのネックレスをつけた。肌に触れた宝石はひんやりしていて、部屋を横切って壁一面に並ぶ鏡で努力の成果を確認した。

彼女のために作られた黒のシルクのドレスは、バイアスカットのシンプルなデザインだった。ノースリーブで、前身頃は小ぶりな胸を形よく見せ、後ろ身頃は大きくV字にくれていて、背中がほとんどあらわになっている。だから髪はゆるくシニヨンにまとめ、耳の横にカールを垂らした。

ドレスのおかげで今夜は背が高く見えた。その効果は、宝石をちりばめたベルベットのストラップがあるピンヒールによってさらに強調されていた。

自分がすてきに見えるのはわかっていたし、自信も持てていた。けれど華やかなハリウッド女優のような姿を見せびらかしたいとは思わなかった。本音を言えば注目の的になどなりたくなかった。テオの注目があればそれでよかった。

もう一度部屋の中を落ち着きなく移動してから、グレースはドレッサーの前で必要のない口紅をぬり直した。いらだちと落胆が入りまじった表情で、はっきりと震えている自分の手を見つめる。緊張のあまり、胃の中で蝶《ちょう》がはばたいている感覚に襲われていた。

神経質になっていたのは有名な招待主のせいでも、正餐《せいさん》へ招待された客たちがそうそうたる面々だったせいでもなかった。原因はテオの恋人としてパーティに出席するのか、それとも妹に言ったようにサルヴァトーレの遺産の共同相続人として出席するのかを本当に知らなかったせいだった。

答えを知るのはむずかしくなかったはずだ。口を開けて、テオに問いかければいい。

目を閉じたグレースは興奮や緊張ではなく、自己嫌悪から体を震わせた。いつから私は気に入らない答えを聞きたくないからといって、質問するのを避けるようになったの？

口にできない質問は体の中で破裂しそうだった。彼女はテオをくるおしいほど愛していた。けれど、彼が望んでいるのは単なるベッドの相手だった。

グレースは唇を引き結んだ。いいえ、ほかにもあるはずよ。彼がベッドであれほどやさしいのは、私に特別ななにかを感じているからでは？

彼女は小さなため息をつき、もう一度口紅に手を伸ばした。自分が恋人なのか共同相続人なのか、何度も自問自答を繰り返していた。それでも、出した結論は楽観的すぎる気がしてテオに確かめられなかった。

口紅をまたぬり直して、グレースは招待状の置かれた大理石のマントルピースに向かった。

彼女はテオの匿名の同伴者として出席するのではなかった。

招待状には自分の名前がテオの隣に書かれている。それを見ていると二人の関係が世間に認められている気がして、次の段階に進むべきだと思えた。招待状にカップルとして書かれていても、テオは気にしていないようだった。

私は深読みしすぎているのかもしれない。でもある朝、テオは私の家族をこの星空邸へ招待しようと言い出した。

〝本気なの？〟

彼がさぐるような目を向けた。〝君は家族に、ここへ来てほしくないのか？〟

あなたも家族の虜《とりこ》になってしまうの？

グレースは目を閉じた。〝もちろん来てほしいわ。ただ、今じゃなくても――〟

〝恥をかかされるのが怖いのか？〟

〝家族に恥をかかせるのがね！〟彼女は言い直した。

〝僕が最善を尽くすよ〟

口をとがらせたグレースは疑わしげな、失望したような表情を向けた。〝あなたのお行儀がよすぎないといいけど〟

〝これだけは守るよ〟テオがいたずらっぽい笑みを消し、コーヒーカップを脇に置いた。〝彼らに君をいじめさせはしない〟

〝家族はそんなことをしないわ！　いじめられるなんて、私はひと言も言ってない〟

テオが肩をすくめた。〝僕は行間を読むのが得意なんだ。だから彼らが君を見下し、踏みにじっているのがわかる。いじめと同じ許されない行為だ〟

その思いがけない言葉を思い出して、グレースの顔に悦に入った笑みが浮かんだ。しかし彼女の笑みは次にあった出来事を思い出すと消え、体が熱くなった——まるでテオと今も一つになっているかのように。

〝誰が来てもかまうものか〟それからテオはそううなった。〝見せてつけてやればいいんだ〟いつでもテオがやめてくれると知りながら、グレースは朝食室で彼と体を重ねたのだった。

それから数日間、彼女は夢うつつの状態だった……。

壁の時計に視線をやって、グレースは顔をしかめた。テオからは、七時になったらヘリコプターで出発するのでそれまでに準備をしておくよう念を押されていた。今は六時四十五分だけれど、彼はどこにいるのかしら？

11

テオは狭い父親の書斎ではなく、別の書斎にいた。しかもそこを自分の好みにしつらえたのは——。なんのためだ？　この星空邸で仕事を続けるためか？

彼はその質問を無視した。この数週間、避けてきた疑問のうちの一つだった。

パソコンに保存されているファイルを印刷し、封筒に入れた。この一週間はグレースに真実を打ち明けることを考えていた。タブロイド紙の記事の責任は自分にあるという真実を。グレースの家族が彼女を厄介者扱いしたのは、その記事のせいに違いなかった。

テオは深呼吸をし、グレースの反応を想像して風船のようにふくらんだ恐怖を意識すまいとした。打ち明ければすべてが終わってしまうかもしれない。

真実は過大評価されている、と彼は思った。すると、まだ終わらせたくないという強い気持ちがわきあがった。

いつかは終わるのに。永遠に続くものはない。だが、父の母への愛は永遠に続いた。父にとって母は唯一無二の女性だった

いらだたしげなうなり声とともに、テオはそれ以上考えるのをやめた。グレースが一緒にいるところを見られるのをこれまでは避けてきたから、今夜のパーティの心配をしなければならなかった。グレースは、メディアからカップルとみなされても気にならないようだった。

テオは、自分たちをカップルだと考えているのに気づいてショックを受けた。

グレースがタブロイド紙の新たな獲物となると考えると、別の罪悪感に襲われた。

あの見出しを読めば内容の見当はつく――〝父親のベッドから息子のベッドに飛びこんだ女！〟

それでも、今夜のあとで書かれる記事についてはある程度制限できるだろう。撮影を許された記者はごく少数で、写真が撮れる場所もかなり限定されている。もしマイクを招待客の顔に突きつけるようなまねをすれば、彼らは二度と仕事ができなくなるはずだ。それに少なくとも、今夜は僕がグレースをメディアから守ることができる。

グレースはテオの伏し目がちな表情を見て、自分がめざしていた上品で優雅な姿になれていないのを悟った。

テオのまなざしは、グレースがあでやかで、体の

曲線が美しく、途方もなくセクシーな女性に変身したことを物語っていた。

喜びで頭がくらくらしつつ、彼女は首をかしげた。イヤリングが揺れる。「気に入った？」

彼がうなってため息をついた。「なんて挑発的な姿だ。自分でもわかっているんだろう？」

「あなたもとてもすてきよ」グレースはやさしく言った。それは控えめな表現だった。フォーマルなデイナースーツ姿のテオはいかにも富豪らしく、心臓がとまりそうなほど魅力的だった。

彼が腕を曲げて差し出し、しばらくしてグレースはそこに手をかけた。

「馬車が君を待っている」

テオは歯を食いしばってほほえんでいたが、激しさを増す欲望を必死に抑えているのがわかった。

「実は馬車とはヘリコプターなんだ。到着する僕たちを報道陣が待っているだろう」

グレースはドレスのスカートをたくしあげ、芝生を守るために敷かれた保護材の上を歩いてヘリコプターへ向かった。ピンヒールをはいている身にはありがたかった。

「わかっているわ」

「誰にも質問されることはないと思う」

「もし質問されてもなにも言わないから大丈夫よ、テオ」彼女はなだめるように言った。自分が失言したせいで恥をかくのでは、と心配する彼を責める気持ちはなかった。

「まったく、くだらない連中だ」テオが奥歯を噛《か》みしめた。「本当にすまない」

グレースは感動したけれど、軽く肩をすくめた。

「あなたのせいじゃないわ」そう言うと彼の目になにかがよぎったが、すぐに消えてしまった。

到着した先にはほかにもヘリコプターが三機並んでいて、そこにもグレースが歩きやすいよう保護材が敷かれていた。制服姿のコンシェルジュが二人を、ライトアップされたパラディオ建築様式の邸宅へ案内した。

建物は巨大だった。中央の広い玄関の前には柱と階段があり、装飾用の噴水には神々らしい彫像がそびえている。

前方のカップルが階段の下で撮影用のポーズを取っていた。グレースは背中に触れるテオの手が緊張したのに気づいた。

「かなりすごいわね」彼女は言った。

この数カ月を星空邸で過ごしていなかったら、周囲にすっかり圧倒されていたはずだ。グレースは好奇心もあらわにあたりを見まわした。

「大丈夫か？」自分たちがカメラの前でポーズを取る番になると、テオが顎に力を入れてきいた。

グレースはうなずき、そばにいる背が高く魅力的なテオを見つめた。彼がどれほどメディアを嫌っているか、初めて目にしていた。顔にほほえみを浮かべていても、黒い瞳はカメラの向こうの顔を鋭くにらみつけていた。

自分たちを出迎えに現れた主催者の夫妻のほうへ進むにつれて、テオの緊張は解けていった。

グレースはソフィア・ハルトンをスクリーンでしか見たことがなかったけれど、生身の彼女は映像よりも美しかった。踵《かかと》が十センチ以上あるハイヒールをはいていなくても身長が百八十センチを超えているソフィアの豊満な体には、ビーズをちりばめたゴールドのドレスがぴったりと張りついている。その姿は息をのむ美しさだった。

「テオ！」両手を広げて一歩前に出たソフィアのほほえみは温かかった。「こちらがグレースね。とてもすてきよ」

とまどいながらも、グレースはあいまいな笑みを浮かべた。まばゆいくらいうるわしい女神にすてきと言われて奇妙な気分だった。

「君たちが来てくれてうれしいよ」ルカ・フェラーラが言った。

きれいに整えられた白髪まじりの顎ひげを蓄えたルカは、彫像のように美しい妻よりも数センチ背が低かった。作家は隠しているようだったが、グレースは彼の目の皮肉な輝きを気に入った。その表情からは妻を見た人々の反応をこれまで何度も見てきたことや、おもしろがっていることがわかった。

そのとき彫像の陰から片手にトレイ、もう一方の手に携帯電話を持った制服姿の人物が現れてグレースに迫ってきた。「グレース、君はラニエリの――」

男はそれ以上言葉を続けられず、不快な笑みを消した。次の瞬間、彼は柱の一つに押しつけられ、テオに襟首をつかまれていた。テオは見たこともないほど怒っていた。

「テオ……テオ!」ルカの低く穏やかな声がした。「そいつに呼吸をさせてやれ」

男が口を開けられるくらいまで、テオが握力をゆるめた。「なにも言うな」

男が口を閉じた。携帯電話が床に投げつけられ、粉々になる音を聞きながら、グレースはソフィアに案内されて玄関の脇にある部屋へ入った。

「大丈夫?」ソフィアがきいた。

グレースは脚が震えているのを自覚しながら、表情のない顔でうなずいた。

しばらくしてテオとルカが現れた。彼らはイタリア語で話していた。口調から、テオはまだ落ち着いてはいないようだ。

「心配いらないわ」ソフィアが穏やかな声で言った。「それを飲んで」手にしたシャンパングラスを見ているグレースに言う。いつの間にそんなものを持っていたのか、彼女にはわからなかった。

テオも琥珀《こはく》色の液体が入ったグラスを持っていて、

ルカが低い声で彼に話しかけていた。

彼がテオの肩をたたき、グレースのほうを向いた。

「あんなところを見せて本当にすまない」

彼女は首を横に振った。「あなたのせいじゃありません」さっきの騒動には困惑していた。しかし突然現れたパパラッチより、彼に対するテオの態度のほうに驚いていた。

「テオはそう思わないかもしれない」ルカが友人をちらりと見た。

「私たち、ほかのお客さまを出迎えに行かないといけないの」夫の腕をつかんで、ソフィアが申し訳なさそうに言った。「二人とも落ち着いたら、この秘密の階段を使ってちょうだい」

彼女が部屋に並ぶ本棚の本を動かすと、ドアが開き、明かりのともった階段が現れた。

「すまない」部屋をあとにしたとき、テオが謝った。

「私、あの人になにも言うつもりなんてなかったわ。ばかじゃないんだから。あなたに恥をかかせるつもりはないの」グレースは真剣な顔で言った。

「恥をかかせる？ それはない。僕はただ……」彼が立ちどまり、かぶりを振った。まるでパパラッチからグレースを守れなかっただけでなく、自分があの騒動の原因だとでも思っているかのようだ。

テオの他人行儀な沈黙にいらだちを感じ、グレースは彼を見つめた。私は心を開いているのに、テオは心を閉ざしている。

彼が口をつけていないグラスを下ろした。「少し過剰反応だったかもしれない」

彼女は唇を引き結んで、〝なにも考えていなかったの？〟と言いたいのをこらえた。皮肉を口にしている場合ではなかった。「なにかいやなことでもあったの？」

「今月は最悪だった！」テオが声を荒らげ、グレースはたじろいだ。

彼とかかわるようになって一カ月がたつから、その言葉の意味を読み取るのはむずかしくなかった。

「二階に行きましょうか」彼女は冷ややかながら落ち着いた小さな声で言った。

間があいたあと、テオがうなずいた。

秘密の階段をのぼった先の空間を見て、グレースはまばたきをした。部屋はシャンデリアに照らされ、アーチ型の窓と窓の間にはフレスコ画や壁龕《へきがん》があった。いちばん奥の一段高い場所では弦楽四重奏団が静かな曲を演奏しており、その真横には銀器やクリスタルグラスが並べられ、花で飾られたテーブルがあった。

人々はそこに集まっていた。

グレースは、これほど多くのきらびやかな宝石や大仰な装飾品を一度に見るのは生まれて初めてだった。無意識のうちに、首につけたサファイアのネックレスに手をやった。もはややりすぎとは思わなかった。「ホープならきっと気に入ったでしょうね」

「君は?」テオが尋ねた。

彼の視線を感じても、グレースは顔を上げなかった。「ちょっと動物園みたいで魅力的だけど、毎週来たいとは思わないわ。彼らの競い合いを見たくはないし。ここが彼らが住む世界でも」私が住む世界じゃないから、と心の中でつけ加える。

「グレース、あなたに会いたがっている人を紹介するわ」

ソフィアに有無を言わさず連れ去られたグレースは興味がある表情を作りながらも、伏し目がちにテオがうまく立ちまわるのを目で追った。三、四人の女性が彼の気を引こうとしていて、おもしろくない気持ちになった。

夕食の席でグレースはテオの向かいに座った。彼と話すには遠すぎたけれど、隣のルカがいろいろ気を配ってくれた。

食事が終わると、ルカはグレースのそばを離れ、ソフィアのところに行って重大発表をした。話を聞いたグレースを含めた、その場にいた全員が目をうるませた。

「疲れたみたいだね」ヘリコプターに乗りこむとき、テオがグレースに言った。

「大丈夫」彼女は黒い瞳を見つめた。「でも、あなたに話があるの」

関係をできるだけ長く続けるだけではもう耐えられなかった。グレースは疲れはてていた。たとえ真実が二人の関係に終止符を打つことになるとしても、彼に本当の気持ちを伝えたかった。

テオがうなずいた。「わかった。僕も君に話さなければならないことがあるんだ」

12

テオが封筒を破っているとき、私用の携帯電話が鳴った。発信者の名前を見ても驚きはしなかった。

「グレースはどうしている？」ルカが尋ねた。

「ちょうど一杯飲もうとしているところだよ」そしてつらい真実を伝えるつもりだ。テオは続けた。「今夜はすまなかった」

「誰も気づかなかったし、あれはこちらの警備のミスだ。ソフィアは子供たちと一緒だが、グレースに伝えてほしいと言われた。グレースが会いたいなら、いつでも歓迎するそうだ。でたらめを書かれることがどんな気分か、妻以上に知っている人はいないからね」

テオは友人に礼を言い、ソフィアの言葉を伝えると約束して電話を切った。

それから封筒の中身をテーブルの上に広げ、その中の一枚に目をとめた。それは古い新聞記事のコピーだった。

記事を読んで、はらわたが凍りつくのを感じた。稲妻は同じ場所に二度落ちるというが、これは稲妻ではない。一度だけでなく、二度も自分の地位を利用して金銭的な利益を得たと疑われた女性の話だ。

グレースに夢中になっていなかったら、彼女の言葉をなんの疑いもなく信じられたとは思えない。女性に対してこんな気持ちになったのは初めてだ。彼女には性的な飢えだけでなく、手を差し伸べたいという危険な欲求まで覚えている。

いらだたしげなうなり声が口からもれた。グレースほど善良で、立派で、完璧な女性はいない。

深呼吸をしたテオは、グレースに偏見を持っているわけではないと自分に言い聞かせた。彼女には事情を説明するチャンスを与えるつもりだ。

そう考えても、理屈に合わない罪悪感は軽くならなかった。記事が本当ならいいのに、と思う心の一部を許せなかった。

それなら二人の関係にセックス以上のものがあることと、これからどうするかを考える必要がなくなる。結婚という言葉を思い浮かべるのは不快だった。

「テオ」グレースが部屋にやってきて、テオはもの思いから覚めた。「どうしたの？　顔色が……」心配そうに彼の顔を観察する。

しばらくの間、テオはなにも言わなかった。グレースは息をのむほど美しく、真珠のような輝きを放つ肌が黒のドレスに映えていた。そのドレスを脱ぎ、ピンヒールとサファイアのネックレスをつけただけの彼女を想像した。

彼は息を吸い、グレースを床に横たえて一つになりたいという欲求を無視した。「君がタブロイド紙の記事にうまく対処できたのも不思議はないな。前にも経験があったせいだったんだ」グレースの顔を見ながら、新聞記事を差し出す。

彼女が記事に視線を落として静かに言った。「看護師がネックレスと現金を盗んだ、という記事ね」その顔がこわばる。「魔法を使ったんじゃなさそうね」テーブルに近づき、そこにあった書類に手をやって振り返った。「記事は事実無根だわ。あなたは本気で私を信用していないの、テオ？ それとも、ただ逃げ道をさがしているだけ？ これがあなたが話したかったことと？」

「いや、違う。僕は謝りたかったんだ」良心の呵《か》責《しゃく》をなんとかしたくて苦々しい笑い声をあげた。「君の情報を集めるよう頼んだ男が、道を踏みはずしてそれをメディアにもらしてしまったことを」

青ざめていたグレースの顔が雪のように白くなり、深い青の瞳がテオを見据えた。「あなたがタブロイド紙に？ あの記事は――」

「僕が許可したわけじゃないが、あの男は僕のために働いていたからそうとも言えるな」

「なのにあなたは私に……。あなたに恥をかかせないかと今夜は心配していたのに！ おもしろいことに、あなたと同じで私も告白するつもりだったの。あなたを愛していると。気持ちがないふりをする自分にうんざりしていたから」

テオの反応を待たずに、グレースは続けた。

「ミスター・クアントはいい人だった」家族もいい人たちで、グレースの仕事ぶりをとてもほめてくれた。だが現金とネックレスが家から消えると、態度を一変させて彼女を責めた。のちにどちらも、薬物の過剰摂取で救急搬送された患者の孫のアパートメントで見つかった。

「じゃあ、わかっているんだな？」テオがつめよった。「あれは本当にあったことなのか？」

　彼の顔に浮かぶ強い非難に気づいて、グレースの全身は凍りついた。「ええ。五年前、二人目の仕事でのことだった」壁が迫ってくるような錯覚に陥りながらも、しっかりと穏やかな声で説明する。

「詳細を教えてくれないか？」

　グレースはテオを見つめた。自分が彼にとって楽しいベッドの相手以上の意味があると信じていたなんて。本当に愚かだった。「なにが望みなの？　私のアリバイを証明してくれた目撃者？　真犯人が映った防犯カメラの映像？　それとも血で署名した宣誓供述書かしら？」彼女は全身がばらばらになり、百万個ものかけらが床にちらばった気がした。

「ばかげた態度をとるのはやめないか。幼稚だぞ」テオは言い返した。パニックに近いものが全身を駆けめぐり、こめかみが脈打ち、眉間には汗がにじんでいた。彼は後くされのない関係の終わりしか知らなかった。だが、これは後くされのない終わりなどではない！　僕とグレースは心を通わせていた。皮肉なことに、僕はそれ以上のことさえ望んでいた。

　グレースは人生でいちばん失望させられた、というような目でテオを見ていた。まるで彼を憎んでいるかのような目で。「過剰反応するということは、清廉潔白《イノセント》というわけじゃないんだろう」彼は言った。

「私はもう無垢《イノセント》じゃないわ、あなたのせいでね」彼女が反論した。「いいえ、訂正する。私はあなたと関係を持ったことを後悔していない。恋をしたことも！」彼女が声を荒らげた。

「騒ぐのはやめて、なにがあったのか話してくれ、そうすればもとに戻れるんだ」テオはいらだった。

　グレースは深呼吸をし、震えをとめようとした。テオの単純な考え方が信じられなかった。「もとにですって？　もし私が望まなかったら？　もしもっと多くを望んだらどうなるの？　あなたには無理でしょう？　私はこの先、あなたとベッドで楽しむことが幸せだなんて考えてない」

「なぜ騒ぐのをやめて説明をしない？」

「なにがあったか説明はできるわ。あなたに信じてもらうことも、あなたを説得することも。だけど、そうしたからってどうなるの？」グレースは、テオの目に宿った疑いを忘れられなかった。今後もその影はいつも二人の間に立ちはだかるはずだ。

「ばかなことを言わないでくれ！」テオがとがめた。

「君は大げさに考えすぎだ。君を守るために、僕は事実を知りたいだけなのに」

「私を守る？」グレースは冷ややかに尋ねた。彼女は叫びたかった。私は守ってほしいんじゃないの。愛されたいのよ！

けれど、信頼のないところに愛は生まれない。

「あなたは私がこの部屋に来る前から、私を有罪だと決めつけていたんでしょう！」

非難の言葉は静かなこだまのように響いた。否定することもこちらを見ることもしないテオを見て、グレースは目をそらした。今にも吐きそうだったので、自制心を取り戻すまで視線は戻さなかった。

「笑われるかもしれないけど、あなたと生涯をともにできるかもって私は勘違いしていたの。おもしろい冗談でしょう？　でも子供のころ、両親はめでたしめでたしで終わるおとぎばなしなんて読ませてくれなかったんだから、どうしようもないわ。全部、私が悪いのよ」

「僕たちがこのまま関係を続けられない理由はない」テオが言った。

グレースは哀れみをこめたまなざしを彼に向けた。

「本気でそう思っているなら、あなたはばかよ。これは信頼の問題なの。あなたがいくら私の服をはぎ取りたいと思っても意味はない。なぐさめになるなら言うけど、私があなたの服をはぎ取りたくてもね。信頼がなかったら――」突然、激しい感情が消え、彼女は空虚な気分に襲われた。

サファイアのネックレスをはずして投げつけていたら、ドラマチックな演出になったかもしれない。しかし、グレースはテーブルの上の書類を手に取ってテオをにらみつけた。

「幼稚なまねっていうのはね、こういうのを言うのよ」

そして書類を彼に投げつけた。

テオは足元に視線をやり、二人の間にちらばった書類を目でたどってからグレースを見つめた。彼女の美しい顔は激昂《げっこう》して――いや、悲しげだった。

胸がどうしようもなく締めつけられた。

グレースは乾いた笑い声をもらし、きびすを返して部屋を出ていった。浴室にたどり着くと、中へ入って鍵をかけ、木製の壁に肩を押しつけながらゆっくりとうずくまった。そして、一度も手にしたことのないもののためにすすり泣いた。

いつまで泣いていたのかはわからない。

ドアをノックする音が聞こえ、グレースははっとした。ゆっくりと膝をついて立ちあがり、老婆になった気分で鍵を開けた。

こちらを見るマルタの顔には温かな思いやりが浮かんでいて、グレースの目からまた涙がこぼれた。

数分後、彼女は家政婦の肩から顔を上げ、体を起こした。「ごめんなさい」

それから、どうしたいかを相手に告げた。

マルタはいったん立ちどまってよく考えるように忠告した。けれど、グレースはほほえんだだけで聞き入れなかった。自分が理にかなったことを言っていると思いこんでいる人たちや、彼女より彼女のことをよく知っていると信じる人たちに対処する長年の訓練が役に立っていた。

「大丈夫よ」雨が降るかもしれないと半狂乱でとめるマルタをおもしろがりつつ、グレースは言った。「イギリス人なんだから、雨には詳しいの」不安そうに両手をもみしぼる家政婦を見ても考えは変わらなかった。

きっかり一時間後、グレースは最小限の荷物とともに車に乗りこんだ。大邸宅《パラッツォ》の車庫にある高級車ではなく、家政婦の自家用車のミニを借りていた。

彼女は小さな計画をいくつも立て、一つ一つ片づけていこうと決めていた。こつは目の前の一つに集中してほかは考えないことだ。

今は考えるより行動するつもりだった。過去を振り返るつもりもなかった。しかし、中庭で車をバックさせて風で落ちた大枝にぶつかりそうになったときは、振り返らなかったのは間違いだったと思った。マルタの心配が大げさなどではなかったのはすぐにわかった。雨も風も強い。パラッツォの大きな門をくぐったグレースは、ここに戻ることがあるのかしらと考えた。いいえ、あるとは思えない。

テオと初めて会った場所を通り過ぎると、目から涙がこぼれて静かに頬を伝った。どうしてあんなに正しいと思っていたなにかが、ここまで間違っていたの？

はなをすすり、今起こっていることは実はいいことなのだと自分に言い聞かせた。ひょっとしたら今後、何週間もかなわぬ願いに苦しむはめになっていたかもしれないのだから。

ワイパーが対応できないほど雨はひどくなっていた。グレースはできるだけフロントガラスに顔を近づけ、前方の細い道に目を凝らした。すると突然、道が消えた。

グレースは息をのんでハンドルを切った。その乱暴な動きで車は落ちることはなかったが、勢いよく横すべりを始めた。彼女は目を閉じたけれど、たいして変わらなかった。フロントガラスは泥かなにかで完全におおわれている。次の瞬間、車がなにかにぶつかり、グレースの悲鳴は金属音にかき消された。

「ああ、明日は会社にいる。プロジェクトチームのみんなに会いたいんだ」ドアがノックされるのを無視して、テオは秘書に指示を出しつづけた。「あの男が返事をする間だけ、口をつぐんでいた。彼女がどこにいようが知ったことではない。明日の会議で進捗状況を報告させるつもりだ」

ドアが開き、彼は振り返った。もし現れたのが非礼をわびるつもりのグレースだったら、待たせておく気だった。

だが、現れたのはマルタだった。テオは家政婦の顔を一瞥《いちべつ》し、受話器を置いた。「どうしたんだい？」

「グレースに言わないでって頼まれて、言わないって約束したけど、すごく心配で。土砂崩れがあったの。私、車を貸したのよ。彼女、運転が下手でしょう？　だから――」

「落ち着いて、もう一度最初から言ってくれないか。グレースがなんだって？」テオは無理をして冷静に尋ねた。マルタは簡単にあわてるような女性ではなかった。

「彼女が出ていったの」

「出ていった？」彼は唖然《あぜん》とした。そして憤慨した。そうするのは僕のつもりだったのに。彼女ではなく。

「私の車でね。それで……」マルタがどうにか深呼吸をした。「今、息子のマルコが帰ってきたところなの。それはどうでもいいんだけど、北の道路で土砂崩れがあって通行止めになっているって」

「グレースはそっちに向かったのか？」

家政婦がうなずいた。

テオは今までに経験のない、凍りつくような、はらわたを締めつけられるような、全身の感覚を失うような恐怖に襲われた。やみくもに部屋を横切り、デスクに両手をついて息を吸いこむ。頭の中には助けを求めて叫ぶ怪我《けが》をしたグレースの姿が浮かんでいた。テオを呼ぶ彼女の姿が。

彼は頭を振った。考えろ。「彼女が発《た》ったのはいつだ？」

「二時間くらい前かしら。もう少し前だったかも。私、必死に説得したんだけど――」

「頑固な女性だからな。想像できるよ」テオは年配の女性の肩に触れた。「グレースの携帯にはかけてみたかい？」

マルタがうなずいた。「かけたけど出なかったの。ああ、やっぱりとめればよかった」

「君のせいじゃないよ」テオは寒々しい笑みを浮かべた。「僕のせいなんだ」そう言いながらドアへ向かう。「なにかわかったら、僕の携帯に連絡してくれ。グレースの気が変わったり引き返したりした場合を考えて、ニックに何人か川のほうへ行かせるように言ってほしい。なにか見つけたら知らせてくれとも伝えること。ヘリコプターはパラッツォにあるのかな？」

「あの、わからないわ――」

「そうか、では確認を頼む。それと天候が回復したら、捜索隊が必要だともニックに伝えてくれ」

マルタがうなずいた。「気をつけて。それから――」

テオはドアを出ようとして振り返った。

「グレースを私たちのところに連れて帰ってきて。みんな、彼女が大好きだから」

彼の目になにかがよぎった。「わかった」

テオが車庫に行ったとき、ちょうどニックがランドローバーをとめていた。そして車から降り、レインコートを脱ぐ。彼はテオが近づいてくるのを見て動きをとめ、手を差し出した。

だがその顔を見た瞬間、手を下ろした。

テオが状況を説明する間、ニックは黙っていた。そして話を聞きおえると、テオに四輪駆動車のキーを投げた。「この車があの地形にはいちばん向いている。連絡は欠かさないでくれ。それと心配しないでいい。ボランティアはいくらでもいるから」

次の瞬間、テオは四輪駆動車に乗りこみ、タイヤをきしらせつつ出発した。

道路が土砂崩れにあった地点へ到着するまではアクセルを全開にしていた。大きなくぼみや岩をやり過ごし、自力で道を切り開く。四輪駆動車は上下に跳ね、最悪の場所では左右に揺れた。

いらだちに歯ぎしりしながら、テオは車を走らせた。ワイパーは必死に動いている。グレースが乗っている車はミニだ。「まったく彼女らしい！　なんていまいましい女性だ！」

次の数キロは雨も小降りになり、走りやすかった。だが車をとめて道路の惨状を見たとき、テオの心臓は凍りついた。山腹の一部がえぐれた跡は生々しく、前方の道路は泥と岩と根っこからなぎ倒された木々で完全にふさがれていた。

テオは座席の後ろに手を伸ばし、さまざまな品をつめたリュックサックを取った。基本的な救急セット、アルミホイル製の非常用ブランケット、高カロリーの栄養補助食品などだ。マルタから手渡された温かい飲み物が入った水筒は、ブランデーを入れた水筒と一緒にいちばん上に置いてあった。リュックサックのファスナーを閉め、レインコートを着ると、荷物を背負って外に出た。

風は弱まったように見えたが、雨はまた容赦なく降り出していた。嵐のあとの晴れ間も、赤いミニの姿もなかった。

グレースはこの区間が通行止めになる前に通り抜けたのだろうか?

彼女が土砂崩れに巻きこまれたとは信じたくなかった。死ぬにはあまりに頑固でわからず屋な女性だからだ。

「グレース……君ときたら!」テオは顔を伝う水気をぬぐい、塩からい味を感じながらうなった。

僕に恋をしてくれと頼んだ覚えはない。どれだけの人が恋によって人生をだいなしにされているか。人生を託した相手に裏切られ、幻滅し、苦い結末を迎えた人は枚挙にいとまがない。

十数年の間、父親は愛に対する裏切りの象徴だったが、僕は真実を知った。父親もまた愛の犠牲者だったのだ。

問題は、人々が愛に勝者がいると考えていることだ。しかし、僕はそんな争いに参加するつもりはない。それでもグレースがここで行方不明になり、怪我をしていると思うと、自分の態度が急に疑わしくなり、臆病だったのではないかと思ってしまう。

この数週間、僕は自分を失いたくなくて真実と闘ってきた。それは愛ではない。愛とは自身の将来の幸せを他人の手にゆだねることだからだ。

心に壁を高く築いていれば誰も中には入れないとうぬぼれていたが、グレースは違った。初めて彼女の青い瞳を見た瞬間、壁は崩れ去っていた。信頼について考え、テオは恥ずかしくなった。僕に責められたときも、彼女の美しい瞳は誰よりも誠実だった。

臆病な僕は闘わずにグレースを手放した。そして今は彼女をさがし、自分の将来をゆだねようとしている。グレースがいなければ生きていけないから。

「グレース!」

両手を口にあて、数歩ごとに立ちどまっては彼女の名前を叫んだ。なにを見ることになるのかおびえつつ、目を油断なくあたりに向ける。どうかグレースがどこかの暖かな部屋で、ワインを飲みながら僕をののしっていてくれますように。

枝や土砂を越えて道路の反対側へたどり着いたとき、テオの心臓は凍りついた。谷間でひしゃげた金属が土や泥にうもれている。

「ああ、グレース！　グレース！」

彼はその場で泣き崩れたいのをどうにかこらえ、下の傾斜を見渡した。どうやってそこまで行くかを検討し、足場になりそうな場所をさがして下りる準備をした。

自分の名前を叫ぶテオの声を聞いたとき、グレースは夢かと思った。どきどきしながら土砂と枝の小山をよじのぼり、根っこがむき出しになった倒木にまたがった。

するとテオの姿が見えた。「まあ、テオ！　そこから離れて！　危険よ！　いったいなにをしているの？」

目もくらむような高さから、テオが振り返る。

グレースは恐怖で目を見開いた。「来ちゃだめ！　自殺するつもり？」

テオはグレースに向かって足を踏み出した。残りの人生でも彼女から離れるつもりはなかった。言いたいことはいくつもあったが、口をついて出たのは当然の内容だった。「生きていたんだな」

「あたりまえでしょう」

彼女はじっとしたまま目を見開いている。そして彼の灰色の顔から、下にある車の残骸に目をやった。

「あなたは……」後悔が顔に浮かんだ。声を安定させるためか震える唇を噛《か》み、髪から小枝を取り除く。

「車がすべり落ちていくのはとめられなかったんだ

けど、木に引っかかったの。おかげで車がすべり落ちる速度がゆっくりになって。でもドアが開かなかったのよ」グレースの目は車に閉じこめられたと思った瞬間の記憶で陰っていた。

涙が出そうなのをこらえ、テオは悪態をついた。

「あなたは助けに来てくれないだろうから、自分でなんとかすることにして窓を壊そうとしたのに、できなかったわ。ばかなんだけど、窓は開ければよかったの。痩せていてよかったわ。セーターは脱がなければならなくて——」

「もう黙ってくれ!」

キスをされているときに話すのはむずかしい。

テオのキスの仕方は、グレースが砂漠で見つけた最後の水だというようだった。しかし獰猛《どうもう》で性急な一方で驚くほどやさしく、彼女の目からまた涙が流れた。テオの顔が離れても、グレースは目を開けるまでに数分かかった。「私、生きてたことであなたを救ったわけね。これで二人は対等だわ」彼の美しい顔を見ながら、キスを深読みしてはだめよと自分に言い聞かせた。

それでも、多くの意味を読み取らないようにするのはとてもむずかしかった。

グレースの名前を叫んでいたテオの喉から笑い声がこぼれた。彼女の命がなかったら生きていたくない、と思っていた直前の記憶でその目が暗く陰る。

僕は二度とグレースから目を離さない。

彼女の頬の泥をぬぐおうとして、テオは言った。

「君が僕を救っただって?」だが疑問は後まわしにして、両方のてのひらで彼女の体をなぞった。「どこも怪我をしていないか?」

「大丈夫。ただ寒くて」グレースが自分の手を見てにっこりした。「ちょっと汚いわね」

テオはグレースの肩へ手をすべらせ、彼女が本当にそこにいて、すべてがあるべき場所にあるのを確認した。それからグレースが着ているものを見た。彼女はタンクトップ姿で雨に濡《ぬ》れていて、情けなく震えていた。ほとんど透けた生地に胸の先が浮かびあがっている。

「なぜタンクトップ一枚なんだ？」

「言ったでしょう、セーターを着たままでは窓を通れなかったの」グレースが寒さとショックで震えながら答えた。

悪態をついてテオはリュックサックを下ろし、レインコートを脱いで彼女の肩にかけ、ファスナーを顎まで上げた。

グレースがフードの下から彼を見た。「あなたが濡れてしまうわ」

「平気だ」テオは言い、非常用ブランケットを出してさらにグレースをおおった。

「変な格好よね。二時間前はオーダーメイドのドレスを着ていたのに」彼女は感情を爆発させまいと努力し、歯ぎしりするのを我慢しているようだ。

テオはリュックサックを背負い、グレースのほうを向いて厳しい顔をした。「呆然《ぼうぜん》としていても君はとても美しい。生きていてくれて、僕は――」声は途中でとぎれた。

グレースは、テオが自制心を取り戻そうとして深呼吸するのを見ていた。「あなた、私が死んだと思ったの？　テオ、そんなことを考えさせて本当に本当にごめんなさい――ああ、大変！　私が運転していたマルタの車に保険がかけられてるといいんだけど。彼女には無理を言ってしまったわ……」

「保険なら確実にかけてあるはずだ」彼が不機嫌そうに言った。「行こう。ここにいてはだめだ。避難しなくては。歩けるか？」

「長いこと歩いていたわ。時間がわからなくなるまで」グレースは暗い笑みを浮かべた。「そうしたら最初の場所に戻ってしまってあきらめそうに――」

彼女は首を振った。絶望に打ちのめされたことを認める気はなかった。

「そのとき、あなたの声が聞こえて夢かと思ったわ。もしあなたが来てくれたら……と一生懸命祈っていたから。ああ、テオ、すごく怖かった……」

彼の腕に包みこまれたグレースは、温かく安全な感覚にひたった。次の瞬間、彼女は抱きあげられた。

「先に言っておく。君が歩けるのはわかっているが、今は避難しなくてはならないし、捜索隊はいらないとパラッツォに連絡しなくては」

反論しようとしたグレースは、テオが自分を評価してくれたことがとてもうれしくて、彼の肩に顔を押しつけてしがみついた。

しばらくして、テオがグレースを下ろした。彼女は寂しく思いながらも乾いた地面に立てたことを喜んだ。彼がポケットから携帯電話を取り出す。

「すぐに終わる」

しかしテオが電話番号を打ちこむ途中で、着信音が鳴り響いた。

「ニック、彼女を見つけた。怪我はない」

グレースの耳にニックとは違う歓声が聞こえた。一人二人ではない。おおぜいの人々がその知らせを受け取ったかのようだ。

テオがにっこりし、歓声がおさまるまで電話を遠ざけた。「ありがとう、そうする。僕たちは――」うなずきながら彼が耳を傾けた。「僕の心を読んだな。まだ屋根はあるのか？」

その間、グレースはテオの顔をつぶさに観察した。

「それはすごい。ヘリが使えるようになったら連絡をくれ。ああ、避難が優先だ。ここで待っている」

「私、とんでもない迷惑をかけたのよね」グレースは後ろめたそうに言った。

テオが彼女を見た。「君はここに来たときから、迷惑ばかりかけていたじゃないか」

彼女は傷ついた心を隠した。辛辣な言葉だったけれど、この状況では否定できなかった。

彼が近づいてきて手を差し出した。その顔にはまだ緊張が漂っていたが、切羽つまった表情は消え、活力がみなぎっている。そしてグレースの手を握ると、土砂がどけられた小道を歩いていった。

グレースは自分の手を握るテオの褐色の指を見た。ついさっきまではもう一歩も進めないと思っていたけれど、彼の元気が伝わって力がわいていた。彼女は指示を聞きながら注意深く足を出した。

「もう少しだ」テオが言って、息を整える彼女を待った。

体力が底をついていたグレースは、アドレナリンと強い決意だけで動いていた。

「たいていの人は、君のそばにいるならトラブルに巻きこまれる価値はあると思うようだ」

まばたきをして、グレースは不思議そうに顔を上げた。「たいていの人？　みんなじゃなくて？」

テオが肩をすくめた。「言えるのはここまでだ」

その言葉にグレースが反応するより前に、二人はふたたび歩き出した。テオは〝もうすぐだ〟と言いたかったのかしらとグレースが考えていると、彼が張り出した枝を手でどけた。すると、小さな四角い建物が現れた。

絵本に出てきそうな家だった。

驚いたことに中は埃《ほこり》一つなく、フローリングの床はきれいに磨かれていた。壁に絵はなく、散歩コースが書かれた地図とこの土地固有の動物や鳥の生態を描いたポスターが貼ってあるだけだ。食器棚には数カ国語で〝必要なだけ使ってください〟と書かれている。薪《まき》ストーブの横には丸太と焚《た》きつけが、一方の壁には折りたたみ式のキャンプ用ベッドが二台、別の壁には造りつけの古風なベッドがあった。

テオがリュックサックを部屋の中央に置かれたテーブルにのせてグレースに目をやった。「こういう場所が地所内にはいくつかあるんだ。ウォーキングやバードウォッチングをする人たちが無料で二十四時間自由に出入りしている。今後はもっと増えると思う」

それはテオがパラッツォで暮らすという意味なのかしら？　私はどう解釈すればいいの？

多くの疑問がグレースの頭を駆けめぐった。

答えを聞くのが怖くて黙っていると、彼が鋳鉄製の薪ストーブに向かい、焚きつけに火をつけて中に放りこんだ。それから体を起こした。

「すぐに暖かくなる」そう言って、ガラスの小窓の向こうですでに燃えあがっている炎にうなずいた。

「ここはなんなの？」

「昔は猟師小屋だった。子供のころはニックとよくここでキャンプをしたよ。もう残っていないと思ったが、再利用しているとは知らなかったな」

グレースはうなずいた。テオが年季の入った煉瓦《れんが》製のシンクの横にあるふた口こんろではなく、テーブルのほうに近づいた。

「これはマルタからだ」彼がリュックサックから出した水筒の中身をカップに注《つ》いだ。「そしてこれは僕からだ」もう一つ小さな水筒から琥珀《こはく》色の液体を熱いコーヒーにたっぷり加える。

「ありがとう」グレースは言いにくそうに礼を述べ、カップを受け取った。

熱々のコーヒーをひと口飲むと、ブランデーがかなり入っていてまばたきをした。

「僕たちはしばらくここにいるかもしれない。ヘリは川が決壊した村で救助にあたっている」

「怪我をした人はいるの？」

「重傷者はいない。新しく設置した堤防は持ちこたえられなかったが、被害は軽減された。僕たちが子供のころはずいぶん苦しめられたよ。洪水で何人もの人が命を落とすこともあった。屋根から救助される人々をニュース映像で見たのをよく覚えている。今日とほぼ同じ場所で地すべりが発生して、トラックが巻きこまれたこともあった。亡くなった運転手には妻と二人の子供がいた」

テオは私をさがしているとき、過去の悲劇を思い出していたのかしら？　テオだけでなく、この悪天候の中、私をさがしていたほかの人たちも。

自分のしたことの重大さ、そしてもう少しで起こっていたかもしれない事態に気づき、グレースはカップの中身をいっきに飲みほした。

「普段の私はそんなに無鉄砲じゃないのよ」

「君にとっての〝普段〟はそうなんだろう」

「私はただ逃げ出したかっただけなの」

テオはブランデーの力を借りるために水筒を口に持っていきたかったものの、頭をめぐらせて必要なことを言うためにやめておいた。

「僕は逃げられなかった――君から。僕たちはずっとここへ行きつくと決まっていたんだろう。君の行動はそれを早めただけだ。この小屋にという意味じゃない。今、このときにという意味だ」

彼は言葉を切った。そして努力して心を開き、先を続けた。

「僕は君を憎む一方で求めながらもう一週間、もう一カ月、自問自答していたかもしれない。それでも結局、君を追いかけることにしたと思う。運命にそうするチャンスを奪われかけたと信じたくないんだ」

グレースは息をのみ、テオの言葉に胸を高鳴らせた。非常用ブランケットを足元に落とし、両手を広げて目を大きく見開くと、警戒しながらも彼のほうへ一歩近づいた。

「君がなにか言う前に――」テオが追いつめられたような口調で続けた。

彼女はかすかに首をかしげて続きを促した。胸がいっぱいで言葉は出てこなかった。

「僕に説明させてくれ」彼が濡れた髪をすいて硬い声で笑った。「いや、自分でもよくわからないのに説明できるわけがない！　だがやってみるよ。母が死んだとき、僕は愛を含めたすべての感情を痛みと結びつけた。孤独でいれば強く安全でいられたんだ。だが君は僕の人生に侵入してきて頭の中に住みつき、すべての信念に逆らうよう、疑問を抱くよう仕向け、僕を孤独から解放した。君を疑ったことなど一度もない。僕が疑っていたのは自分だったんだ」認める声は嫌悪感に満ちていた。「グレース、君のような人が人生に現れた幸運を僕は信じられなかった。だから、なにもかもが崩壊するのをひたすら待っていた。なのに、君を失うことには耐えられなかったんだ、僕の宝物《テゾーロ・ミオ》」

テオが差し伸べられた手をつかみ、グレースを引きよせて抱きしめた。

「ああ、テオ、愛してるわ」

彼がグレースの顔をのぞきこんで握っていた両手を放した。それから彼女の顔を包みこみ、美しく輝く瞳を不思議そうに見つめた。

今にも壊れそうな貴重品だというように、テオがグレースを抱きしめた。彼女はこの世でいちばんすばらしい男性に守られ、愛されていると感じた。

「君がここを出ていくなら、僕もついていく」

グレースはテオの言葉に驚き、彼の顔を見るために身を引いた。「私はどこにも行かないわ。地所の管理を手伝うんだもの」

テオが笑った。「僕は管理人が欲しいんじゃないんだ、グレース。欲しいのは妻だよ」

　彼女は目を見開き、口をあんぐりと開けた。「私と結婚したいの？」

「それ以下では僕が満足しないと思わないか？　もし今度危ない目にあった君を救い出すためにも、結婚していたほうが都合がいいだろう？」

「いい考えだと思うわ。二度と危険な目になんてあわないけど。ああ、テオ、本当に愛してるわ！」グレースは泣きながら彼に身を投げ出した。「助けてくれてありがとう」

「君はたしかに僕を救ってくれたんだ、かわいい人《カーラ》。不毛で空虚な人生からね。君の愛のおかげで僕は生き返った――」

　整った顔にうんざりした表情が浮かんだ。

「どうしたの？」グレースはきいた。

「勘違いしているのでなければ、僕たちは救助されるようだ」頭上にヘリコプターの音が近づいてきて、テオが声を張りあげた。「タイミングが悪かったな」

　グレースは笑った。「ああ、パラッツォに戻るのはいいことだと思うわ。私たち、まだ見てまわらないといけない部屋があと百はあるから」

　彼がとろけるように魅力的な笑みを浮かべた。

「君のそういうところが好きだよ。僕は君のすべてが好きだ――危険に目がないところは勘弁してほしいが」

　グレースは爪先立ちになって、テオにキスをした。それから唇を離して、真剣な顔になった。

「今の私はあなたに目がないから、もう危険には近づかないと思うわ」そしてほほえんだ。

エピローグ

グレースはウォークインクローゼットの中へ入って立ちどまった。横にいるマルタはなにも言わなかった。「なに？　なにがあったの？　私の服はどこ？」

いちばんよく使うものが置いてある棚は空っぽで、彼女は困惑してあたりを見まわした。服は消えたのではなく、夏物、冬物、秋物に分けられて整然と並べられていた。

マルタが咳《せき》ばらいをした。「妹さんが連れてきた人は、あなたに春物はいらないと思っているみたいね。それに、靴は自然界にない素材だからはいてほしくないと。だから私が寝室のクローゼットに隠しておいたわ。あの人たちが帰ったら返すわね」

グレースは悔しさのあまり、小さな悲鳴をあげた。「ホープったら許さない」

「言い争わないほうがいいわ。全部もとに戻せばいいんだから」マルタが穏やかに言った。「それに、妹さんは楽しそうだったし」

グレースは機嫌を直して笑った。「ホープは法律事務所でインターンシップを始めたの。でも、二日目でパソコンのファイリングシステムをめちゃくちゃにしてしまったんですって。幸い、バックアップはあったそうだけど。ホープはなぜみんなが怒るのか理解できなかったの。だって――」

「彼女が作成したファイリングシステムのほうがずっと効率的だったんだろう？」

グレースはテオのほうを振り向いた。「あなたはここにいてはだめよ。結婚式の前にドレス姿の花嫁を見るのは縁起が悪いんだから」

「だが、君はドレスを着ていない。その格好でバージンロードを歩く気かな？　反対はしないが、何人か心臓発作を起こすかもしれない。招待客の中には医者にかかっている者がいるんだぞ。それにしても、女性はなぜガーターベルトとストッキングをもっとしょっちゅうつけないんだろう？」

「たぶん、つけ心地があまりよくないからじゃない？」でもテオがそんなに気に入ったのなら、特別な日にはつけてもいいかもしれない。グレースは夫となる人がまだジーンズとTシャツ姿でいることに悲鳴をあげた。「あなたは着替えてないじゃない！」

「君もだ」彼が指摘した。

彼女が息を吸うと、コルセットの中の胸がふくらんだ。「私は二時間も自分を磨きあげる作業に耐えていたのよ。ここにいたたくさんの人は追い出したけど――マルタ？」グレースはあたりを見まわした。「マルタはどこ？」

「マルタなら気をきかせて姿を消したよ」

「ああ、テオ、あなたは今日のこれを望んでいるの？　迷っていたりしない？」

テオがグレースを見つめた。「迷いなど一ミリもない。僕にとって今日の出来事は単なる形式にすぎない。何カ月も前に、すべてを君に捧《ささ》げると誓ったからね」

彼女はうなずいた。「私もそうよ」口ごもりながら尋ねる。「なぜ結婚式の準備にこんなに時間がかかったの？」

「僕たちがたくさんの人を喜ばせようとしすぎたせいだろうな」

グレースはため息をついた。「僕たちじゃなく、私がってことよね？　わかっているわ。ただ――」

「今日が終われば僕たちは望む人生を手に入れる――」ドアをたたく音がして、テオが言葉を切った。

「母か妹なら、私は死んだと伝えて」

「それはないよ。彼らはかなり乱暴な方法で君の兄の酔いをさまそうとしていたから」

「まあ、どっちの兄を――いいえ、言わないで！」

グレースは頭を振りながらテオの横を通り過ぎ、ドアに向かった。

やってきたのはソフィアで、グレースは肩の力を抜いた。先月、彼女はソフィアの双子の娘の名づけ親になっていた。

「私を厄介払いしたいの？」ソフィアが愉快そうにテオを見た。

「厄介払いされたのは僕のほうだよ」彼が二人の女性の横をすり抜けた。「相変わらずすてきだね、ソフィア」振り返って二人の女性にお辞儀をした。

「どうしてあんなにリラックスしていられるのかしら」グレースは言った。「私は緊張しどおしなのに」

「あれは演技よ。ルカも大変だった。私はただ、楽しむことを忘れないでと言いに来ただけなの」

「お願い、ソフィア、行かないで。ドレスに着替えるのを手伝ってくれる？」

「もちろんよ」

少なくとも、ホープはウエディングドレスは片づけていなかった。ドレスは薄紙に何重にも包まれ、制作したデザイナーの名前が刺繍《ししゅう》された衣装カバーに入れられて吊《つ》るされていた。

「髪に気をつけて……崩したくないから……完璧よ」グレースが両手を広げると、ソフィアが言った。ドレスにはシルクとレースがふんだんに使われ、繊細な刺繍が施されたサテンのトレーンがついていた。

「かなりの年代物ね」

「祖母がよく似たドレスを着て結婚したんだけど、取り出したときには虫食いだらけで。デザイナーが現代風に作り変えてくれたの」

ソフィアがドレスのひだを整え、小さなシルクのボタンをとめた。トレーンを直して一歩下がる。

「まあ、グレース。バージンロードを歩くあなたを見たら、涙が出そうよ」彼女がグレースの頬にキスをした。「じゃあ、またあとでね」

ドアの外で立ちどまったグレースの腕を、付添人である妹が取った。「きれいよ、姉さん」それから驚いたことに、ソフィアと同じことを言った。「楽しむことを忘れないでね。私はすごく緊張していたせいで式についてはなにも覚えていないの」

衝動的に、グレースはホープにキスをした。

「ブーケのお花が散っちゃうわよ！　姉さんが野の花がいいって言ったんでしょう。かわいいわね」

当初、結婚式は地所内の小さなチャペルで執り行われる予定だったが、招待客が増えたため、星空邸の舞踏室を使うことになった。音楽が始まり、舞踏室へ一歩足を踏み入れたとき、グレースはさまざまな感情に襲われた。部屋には花の香りが強く漂い、人々が彼女のほうに注目する。

進んでいくにつれて、グレースの足取りは速くなった。そして、途中で突然走り出した。

何人かの息をのむ声が聞こえ、笑い声がさざなみのように広がった。彼女がテオのところにたどり着くころには、甲高い口笛があちこちから聞こえ、足が踏み鳴らされ、割れんばかりの拍手が起こった。

テオが花嫁の手を握って目を輝かせた。「ああ、天使みたいだな！　未来の妻よ、君は入場の仕方を知らなかったのかい？」

司祭が咳ばらいをした。「準備はいいですか？」

「すみません。はい、このすばらしい女性と一生をともにする準備ならできています」

人々が騒ぐのをやめ、司祭が式を始めた。グレースの第二の人生が始まった。

ハーレクイン®

星影の大富豪との夢一夜
2024年4月5日発行

著　　者	キム・ローレンス
訳　　者	岬　一花（みさき　いちか）
発 行 人	鈴木幸辰
発 行 所	株式会社ハーパーコリンズ・ジャパン 東京都千代田区大手町 1-5-1 電話 04-2951-2000（注文） 0570-008091（読者サービス係）
印刷・製本	大日本印刷株式会社 東京都新宿区市谷加賀町 1-1-1

ISBN978-4-596-53789-8 C0297

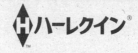

ハーレクイン・シリーズ 4月5日刊 発売中

ハーレクイン・ロマンス

愛の激しさを知る

星影の大富豪との夢一夜	キム・ローレンス／岬 一花 訳	R-3861
家なきウエイトレスの純情 《純潔のシンデレラ》	ハイディ・ライス／雪美月志音 訳	R-3862
プリンスの甘い罠 《伝説の名作選》	ルーシー・モンロー／青海まこ 訳	R-3863
禁じられた恋人 《伝説の名作選》	ミランダ・リー／山田理香 訳	R-3864

ハーレクイン・イマージュ

ピュアな思いに満たされる

億万長者の知らぬ間の幼子	ピッパ・ロスコー／中野 恵 訳	I-2797
イタリア大富豪と日陰の妹 《至福の名作選》	レベッカ・ウインターズ／大谷真理子 訳	I-2798

ハーレクイン・マスターピース

世界に愛された作家たち
～永久不滅の銘作コレクション～

思いがけない婚約 《特選ペニー・ジョーダン》	ペニー・ジョーダン／春野ひろこ 訳	MP-91

ハーレクイン・ヒストリカル・スペシャル

華やかなりし時代へ誘う

伯爵と灰かぶり花嫁の恋	エレノア・ウェブスター／藤倉詩音 訳	PHS-324
薔薇のレディと醜聞	キャロル・モーティマー／古沢絵里 訳	PHS-325

ハーレクイン・プレゼンツ作家シリーズ別冊

魅惑のテーマが光る
極上セレクション

愛は命がけ	リンダ・ハワード／霜月 桂 訳	PB-382

※予告なく発売日・刊行タイトルが変更になる場合がございます。ご了承ください。

3月刊 好評発売中！

Harlequin 45th Anniversary

“ハーレクイン”の話題の文庫
毎月4点刊行、お手ごろ文庫！

作家イメージカラー入りの美麗装丁♥

『長い冬』
ペニー・ジョーダン

億万長者のヨークに見初められ、結婚したオータム。上流社会になじめず逃げ出した彼女の前に、突如夫が現れた。4カ月だけ妻役を務めれば離婚に応じると言って。

(新書 初版：I-167)

『いわれなき罰』
ミシェル・リード

婚約者に裏切られたうえ、横領の濡れ衣を着せられたナターシャ。さらに婚約者の義兄の富豪レオに「全額返済するまで、愛人として君を拘束する」と言われてしまう！

(新書 初版：R-2424)

『初恋のひと』
パトリシア・レイク

ターリアは実業家アレックスと激しい恋に落ちた。だが彼に裏切られ、傷心のまま密かに一人で子供を産み育てていたのだ。3年後のある日、再び彼が現れて…。

(新書 初版：I-190)

『花開くとき』
キャロル・モーティマー

手術のせいで子供ができない体になったブリナは、実業家ラフの愛人となっていた。だが、彼が望んでいないのに妊娠しているのに気づき、ラフのもとを去る。

(新書 初版：R-618)

※ハーレクインSP文庫は文庫コーナーでお求めください。

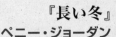